HÅKAN NESSER

KÄRA AGNES!

ALBERT BONNIERS FÖRLAG

Av Håkan Nesser har utgivits:

Det grovmaskiga nätet 1993
Borkmanns punkt 1994
Återkomsten 1995
Barins triangel 1996
Kvinna med födelsemärke 1996
Kommissarien och tystnaden 1997
Kim Novak badade aldrig i Genesarets sjö 1998
Münsters fall 1998
Carambole 1999
Flugan och evigheten 1999
Ewa Morenos fall 2000
Svalan, katten, rosen, döden 2001
och Piccadilly Circus ligger inte i Kumla 2002
Fallet G 2003
Skuggorna och regnet 2004

På annat förlag:

Koreografen 1988

www.albertbonniersforlag.se

ISBN 91-0-058004-0
Tjugosjätte–trettiosjätte tusendet

Sättning Bonniers Fotosätteri
ScandBook AB, Falun 2004

PÅ DET STORA HELA var det en lyckad begravning. Förmiddagen hade varit gråsint och vindlös, men när vi kom ut till graven hade solen brutit igenom molntäcket och kastade skeva knippen av ljus genom almarnas gulnade lövverk.

Erich skulle ha tyckt om det. Höst. Himlen som plötsligt lyfte och lämnade skärpa i luften. Klart utan att vara kallt. Åkrarna ner mot Molnar skördade men ännu inte upplöjda. En bonde som eldade ris på avstånd.

Prästen hette Sildermack, en lång, mager, ljus man; vi hade träffats under veckan förstås och gjort upp om tågordningen, han är ny i pastoratet och dras med någon sorts deformitet på ryggraden, som gör att han förflyttar sig med lite otympliga, liksom rullande rörelser. Gör att han ser äldre ut än han egentligen är. Men ansiktet utstrålar ett ljus och han skötte sina åligganden utan mankemang.

Vi var ett tjugotal. Barnen förstås. Hans mor med följe; väninnan och den ampra sköterskan.

Beatrice och Rudolf.

Justin.

Hendermaags, som haft det dåliga omdömet att släpa med barnen. Inte mer än tio-tolv; en blyg pojke och en flicka med utstående tänder och nervösa ögon, vad skall det tjäna till att utsätta dem? Ingen av dem har haft någon relation till Erich, har väl inte träffat honom vid mer än två eller tre tillfällen, såvitt jag kan minnas.

Ebert Kenner givetvis och några nutida kolleger som jag aldrig sett. En kvartett, noga räknat, två kvinnor, två män. Samt överläkare Monsen, som höll parentation inne i kyrkan och inte kunde avhålla sig från att säga några ord ute vid graven också.

Om höstdagars klarhet och vår tid på jorden. Den analytiska skärpan som varit Erichs adelsmärke och som den genombrytande solen ackompanjerade och bar vittnesbörd om.

Ord.

Jag blev lite trött. Just där ute i den mörkklädda kretsen av sörjande och halvsörjande och sådana som stod där av alldeles allmängiltiga skäl, kom en våg av mattighet över mig. Kanske var det faktiskt sorgen som grep tag i mig; inte sorgen över Erich i främsta rummet, utan sorgen över livet.

Dess skevheter och blinda speglingar. Förfalskningarna som vi sopar under mattan och håller stången men som ändå hinner ifatt oss när vi vänt ryggen till länge nog. Inte varit tillräckligt uppmärksamma.

Jag grät inte. Inte en tår kom ur mina ögon under hela ceremonin; jag bryr mig inte om hur folk tolkar detta, men medicinerna som gör oss avtrubbade och stumma i själen är ju legio i våra dagar, så jag antar att mitt uppträdande knappast kan ha varit ägnat att förvåna. Jag bytte överhuvudtaget inte ord med någon. Försynta, bekräftande ögonkast, bara. Handslag. Lätta kramar och illusoriska nickar.

Ungdomskamraterna från roddarklubben bar kistan. Fyra stycken, jag kände igen tre av dem men ingen till namnet, de bor alla här i Gobshejm och enligt prästen hade de själva kommit med initiativet.

Och så Henny.

Det var inte min mening att räkna upp alla närvarande, men nu ser jag att jag faktiskt gjort det.

Henny Delgado.

Hon var klädd i långärmat svart inne i kyrkan, men när vi kom utomhus hade hon en mörkröd poncho slängd över axlarna. Jag minns att hon alltid brukade bära rött; inte nödvändigtvis helt och hållet, men alltid en klick. Ett rött blickfång. En karmosinblus eller en scarf. Själv är jag blå och kall. Redan när vi var gymnasister höll vi oss i dessa sfärer: Henny rött, gult, ockra. Jag blått och turkost, kalla färger. Bara i grönt kunde vi mötas, men i skilda utkanter. Senare, det måste ha varit under första höstterminen på universitetet, gick vi tillsammans till en färganalytiker, som också godkände våra intuitiva val. Höll upp tyglappar mot våra förvånade ansikten och bredde ut sig om våra olika hudtyper. Pigmenteringspersonligheter, som om det vore något själsligt nästan.

Hon såg oväntat ung ut, Henny. Spänstig och frisk på något vis; jag vet egentligen inte varför det förvånade mig, men det gjorde det. Hon hade kommit ensam förstås; make och barn kvar hemma i Grothenburg, ja, jag har ju aldrig träffat någon av flickorna, men deras dopkort finns i något album i vederbörlig ordning.

Det känns lite lustigt att vi inte talade med varandra, när vi ändå sågs efter så många år. Jag har dock en känsla av att hon kommer att höra av sig. Vad som motiverar denna diffusa aning vet jag inte, men det skulle förvåna mig om jag tar miste. Trots allt har vi stått varandra så nära som två människor av samma kön kan komma, utan att vara släkt eller homosexuella. Det har gått lång tid, men det finns tecken och små fingervisningar som träffar oss på ett djupare plan än det kognitiva och språkliga. Naturligtvis är det så.

Justin frågade om han skulle stanna över natten, men jag tackade nej. Han är en god och förstående människa, Justin, jag har alltid tyckt om honom, trots hans lite okultiverade stil, men jag vill vara ensam. Jag själv och hundarna, bara, en brasa i öppna spisen och fåtöljen framdragen till fönstret. Ett glas portvin eller två, skymningen som sänker sig över trädgården, de knotiga, söndertuktade äppelträden, buxbomshäcken och den sanka sluttningen ner mot Molnar; några timmar i absolut stillhet med fotoalbumen och minnena. Kanske tar jag en cigarrett också, det är åratal sedan jag vanerökte, men det är ändå en speciell dag och jag har ett par paket liggande.

Jag är sjukskriven nästa vecka också. Hälften av lektionerna är uppskjutna, hälften har hamnat på Bruuns lott. Som vanligt. Det är synd att behöva lämna ifrån sig Keats och Byron i hans valna händer, men det fanns inget val. Tentamensperioden ligger bara tre veckor bort och allt måste vara genomgånget före den femtonde.

Det känns skönt att det är över nu, äntligen. Jag visste ju att jag en dag skulle komma att vara ensam. Erich var arton år äldre än jag, det var inte elden och passionen jag sökte när jag valde honom, utan det blå. Han blev 57, således, det har väl aldrig funnits tecken på att han skulle dö så ung, och Monsen betonade också i sin parentation att han hade mycket ogjort. Forskare hör inte till den kategori människor som åren biter på, hävdade han; inte i deras dagliga gärning. Jag förstod att han härvidlag syftade både på sig själv – han kan inte ha långt kvar till sjuttio – och en och annan närvarande kollega.

Men Erich har fått sluta, som man sa hemma i Saarbrücken. Har gått i mål.

Jag sitter i fåtöljen med ett halvt öga ut mot skymningen och trädgården, ett halvt inåt rummet med elden och böckerna. Det har blivit många volymer genom åren, de närmaste dagarna kommer jag att göra vissa omdisponeringar, tror jag. Flytta upp de tunga medicinska verken på vinden, och låta skönlitteraturen få en mer framskjuten placering.

Detta är bara en av alla de småsaker jag har att ta itu med. Men det får anstå tills imorgon. Just nu vill jag bara sitta här och vila.

Minnas och bläddra i albumen. Några rader från Barin kommer för mig.

Jag saknar min moders milda svettlukt –
och de där kortbyxorna man tvingade mig att bära
den första skoldagen.
Jag saknar Ursula Lipinskaja, och att vakna utsövd
till alldeles oskrivna sommardagar.
Men mest av allt saknar jag den oåtkomliga röken
från dessa cigarretter jag aldrig rökte på caféerna.

Jag tänder en nu istället. En känsla av återhållen tillfredsställelse vibrerar inom mig.

Som om någonting länge förutsett håller på att gå i lås.

Hundarna sover framför eldstaden och verkar inte sakna honom, de heller.

Till
Agnes R.
Villa Guarda
Gobshejm

Grothenburg den 26 september

Kära Agnes,

förlåt att jag skriver till dig så snart efter att du blivit ensam, jag hoppas att du inte är alltför uppriven efter din svåra förlust. Jag tyckte så mycket om att återse dig, även om jag förstås önskar att omständigheterna varit lite annorlunda. Och jag borde naturligtvis ha bytt några ord med dig när jag ändå var där, men någonting höll mig tillbaka. Jag vet inte vad, ibland är det ju så att vi hindras av krafter vi inte har namn för. Eller hur, Agnes?

Men det var en vacker och värdig akt, jag kände ju aldrig din make, så jag kan förstås inte uttala mig om huruvida det också var ”becoming”, som engelsmännen säger.

Hursomhelst skulle jag sätta värde på att få återuppta kontakten med dig, det har gått så många år och jag känner att man inte får klippa av trådar hur lättvindigt som helst. Vi stod ju varandra så nära, kära Agnes.

Får jag skriva till dig, alltså? Berätta lite om mitt och de mina? Och har du lust att svara?

Vi kan väl börja brevledes, så får vi se. Jag har svårt för e-mailandet, det blir så lättviktigt och ytligt.

Om du inte har lust att återuppta detta gamla, måste du absolut säga nej.

Inväntar förhoppningsfull ditt svar.

Din Henny

Till
Henny Delgado
Pelikaanallé 24
Grothenburg

Gobshejm den 30 september

Kära Henny,

herregud, du låter som om vi vore åttio!

Naturligtvis får du skriva, och jag skriver med glädje tillbaka. Jag tror säkert vi har en del att tala om, men eftersom det är du som tagit initiativet, låter jag dig berätta först.

Så känn ingen tvekan. Skriv snart, är du snäll, vi har en nittonårig lucka att fylla!

Din Agnes

Om man bara är snäll och god, får man förr eller senare sin belöning.

Det är den andra dagen i Grothenburg, och trots att jag bara är en mager elvaåring vet jag att hon ljuger.

Eller kanske inte ljuger. Den rödhåriga flickan, som heter Henny, och som kom och hälsade på med sin mamma redan igår, innan vi packat upp en enda kartong, har missuppfattat allting bara. Inte förstått riktigt hur livet är och hur saker och ting går till.

Men jag protesterar inte. Har inte ord för sådant vid mina unga år, och förresten är det inte viktigt. Det är om kvällen, vi står på bron över floden och tittar ner i det bruna vattnet; våra mammor har skickat ut oss på en liten promenad så att

Henny kan visa mig kvarteret och omgivningarna. Min mor har fått ett så kallat ögonblickligt förtroende för Henny, trots sin medfödda och omhuldade misstänksamhet.

Och Henny har föralldel uppträtt både väluppfostrat och charmerande, det vill jag inte förneka.

Och plommonsylt som välkomstgåva goda grannar emellan.

Finurligt skratt och frimodig blick.

Om man bara är snäll och god, alltså.

Jag minns inte vad jag svarar, kanske ingenting. Vi har gått runt i stadsdelen i snirklar och krumbukter. Idrottsplatsen. Hengerlaan ner till järnvägen. Butikerna längs Klingerweg. Vi har tittat in hos slaktare Smytter som är hennes morbror, fått var sin blek korv och en slant av honom; köpt tuggummi i tobaksaffären i hörnet ut mot Zwille.

Och kyrkan och kyrkogården, där vi spankulerat och tittat på gravarna; Hennys morfar och mormor ligger här och en gång skall hon själv ta plats här också; det är en gedigen och rymlig familjegrav med rum för åtskilliga generationer.

Stumpstrasse, Gassenstrasse, Jacobs steeg och allt vad de heter. Och Wallmanskolan, där Henny redan gått fem år och där jag skall börja i september. Det är en gammal stenborg med ett citat på latin ovanför den stora ekporten. Non scholae sed vitae discimus! intonerar Henny och sedan säger vi det tillsammans några gånger så att jag åtminstone skall ha det klart för mig innan det är dags att sätta sig i skolbänken och lyssna på magister Pompius och fröken Mathisen och en kutryggig liten syslöjdsgumma som heter Keckelhänchen av alla namn.

Non scholae sed vitae discimus

Inte för skolan utan för livet.

Men nu står vi och hänger över räcket på bron; den heter Karl Eggers bro. Henny vet inte varför den heter så, eller vem Karl Eggers var, men floden heter Neckar förstås, den omflyter vår stadsdel, åtminstone i öster och norr, och den markerar gränsen mot Gerringstadt, som är en helt annan stadsdel som Henny inte har några kunskaper om mer än att hennes kusin Mauritz bodde där innan man flyttade till Marseille, som ligger vid Medelhavet, på grund av Mauritz vacklande hälsa, men han dog i alla fall trots att han inte var mer än åtta år på det nionde, så Medelhavet är nog rätt överreklamerat när allt kommer omkring.

Han kanske inte var tillräckligt snäll och god, tänker jag, men jag säger det inte. Jag spottar ut tuggummit i det strömmande vattnet istället.

Man ska inte spotta tuggummi i vattnet, säger Henny. Fiskarna kan få det i munnen och bli kvävda.

Man kan väl för fan inte kväva en fisk, tänker jag, dom behöver ju inte andas.

Men jag säger inte det heller.

Det är min mor och jag som flyttat till Grothenburg. Min far och min bror bor kvar på Slingergasse i Saarbrücken, och fastän Claus är tre år äldre än jag och vi har varit osams så länge jag kan minnas, längtar jag efter honom så att det värker i bröstet de här första dagarna.

Jag fick reda på att mina föräldrar skulle skiljas den första juli, och vi gav oss iväg precis en månad senare. De hade planerat alltihop i detalj innan de släppte bomben; vi satt på restaurang Kraus, jag vet inte om det är vanligt eller ovanligt att föräldrarna tar ut sina barn på krogen när de tänker tala om för dem att de skall skiljas. Men de var väldigt vänliga, både mot varandra och mot Claus och mig, det skall inte förnekas. Bästa vänner i världen, men nu var det som det var, och det hade blivit som det blivit. Det går till så ibland i livet och jämmerdalen, det är ingenting man råder över, hej och hå, jag beställde det dyraste jag hittade på hela menyn, Sjötunga med vitvinssås och primörer, och de gick med på det utan prut.

Pappa och Claus skulle stanna kvar, förklarade de till efterrätten, Citronsorbet på vildhallonspegel med kanderade hasselnötter och pudersocker, det var det bästa både med tanke på jobb och skola. Mamma hade redan fått en ny anställning i Grothenburg, hos en tandläkare Maertens. Och en lägenhet på Wolmarstrasse. Fyra rum och kök, jag skulle få eget rum med kakelugn och utsikt över en park.

Att min far haft en annan kvinna vid sidan om i nästan tre år nämnde min mor först ett par veckor senare, när vi höll på att packa.

Jag grät i tio dagar. I varje fall grät jag mig till sömns de tio första kvällarna. Sedan slutade jag. Fick den här värken i bröstet istället, som nu när jag tänker på Claus.

Någonting åt magen också. Det dansar fjärilar därinne, varannan dag är jag förstoppad, varannan har jag diarré.

Det finns verkligen en kakelugn i mitt rum, men det går inte att elda i den. Rökgången sattes igen redan på 50-talet, har portvakten herr Winter förklarat. Det finns sprickor och hela fastigheten skulle kunna brinna ner på ett nafs om en glödloppa letade sig ut.

Jag tänker att det skulle inte röra mig i ryggen om så hela Grothenburg brann ner i ett nafs. Jag vill inte bo här, jag hatar den här staden, och om vi blev innebrända, både mamma och jag, skulle det bara kännas som en skön befrielse. Jag skulle aldrig behöva börja i den där nya skolan och aldrig mer träffa den fåniga grannflickan med hennes löjliga flätor och finurliga leende.

Men jag gråter inte om kvällarna här heller. Det är bara värken i bröstet och pirret i magen.

Hon heter Else, förresten, min fars nya kvinna. Hon har redan flyttat in hos dem på Slingergasse. Och hennes dotter bor i mitt gamla rum.

Det värsta av alltihop är att hon också heter Agnes.

Till
Agnes R.
Villa Guarda
Gobshejm

Grothenburg den 4 oktober

Kära Agnes,

tack för ditt snabba svar, och tack för att du inte har något emot att vi återupptar kontakten på det här viset. Jag vet inte om det har med åren som rinner förbi att göra, men hur vi än räknar, Agnes, så måste vi ju tillstå att vi börjar närma oss medelåldern. Jag fyller 40 i februari – och du, jag minns det så väl, den 1 maj. Kommer du ihåg din första födelsedag här i Grothenburg när du fick dagboken av mig? Du sa att du aldrig tänkte skriva en rad i den, men till skolstarten i september visade du mig att du redan blivit tvungen att köpa en ny.

Fast jag känner mig inte gammal, inte på långa vägar, men jag ser på flickorna att tiden går. Rea är 11 nu, lika mycket som du och jag var när vi träffades första gången – Betty blir 9 i december.

Och David fyllde 47 i våras, det är han som är

den egentliga orsaken till att jag skriver till dig, men jag skall komma till det senare. Tids nog, jag känner att jag måste närma mig pudelns kärna i cirklar och reträtter, det är ju så vi fungerar ibland, eller hur, kära Agnes?

När det gäller begravningen kände jag dock aldrig någon tvekan, jag visste att jag måste åka i samma stund som jag såg annonsen i tidningen. Det var naturligtvis inte för din makes skull, jag kände honom aldrig, utan för att jag ville återse dig. Med åren har jag förstås fått många väninnor – manliga vänner också, missförstå mig inte – men det är någonting extra med de där människorna man känt sedan man var barn. Tycker inte du det också, Agnes? Oavsett hur lång tid som gått, hur mycket vatten som runnit under broarna, så finns där någonting som binder oss vid varandra. Jag hoppas verkligen att du förstår vad jag menar, Agnes, och att du känner på samma sätt som jag. Även om orden alltså svek mig när jag såg dig.

Ja, mitt och Davids umgänge är förvisso rätt så omfattande nuförtiden; sedan han blev teveteaterchef haglar inbjudningarna över oss, och vi har folk hemma åtminstone en gång i veckan. Men man tröttnar på det, Agnes, ack som man tröttnar. Alla dessa leenden och begåvade konversatörer och förtroenden man inte bett om, det får en att känna som om teatern flyttat hem till en och in i ens liv, fast man aldrig önskat det. In i märgen kryper det, och under huden på något vis, så att det inte går att tvätta det av sig... jag vet inte om du begriper vad jag talar om, Agnes, kanske uttrycker jag mig oklart.

För egen del lade jag alla skådespelarambitioner på hyllan i och med att vi gifte oss, David och jag; han påstod att det räcker med en narr i familjen och däruti ger jag honom rätt. Det har inte blivit många yrkesverksamma år för mig ännu, vi har alltid haft gott om pengar och jag stannade hemma i nästan tio år för att ta hand om flickorna. Men sedan i januari arbetar jag hos Booms&Kristev, advokatfirman på Klingstrasse, jag vet inte om du minns den. Översättningsarbeten till franska och italienska, inget särskilt kvalificerat jobb, men det är välbetalt och samtidigt tillfredsställande att få användning för de kunskaper man en gång lade ner så mycken möda på att skaffa sig. Liksom det naturligtvis är bra att veta att man faktiskt kan stå på egna ben, försörja sig själv, om det skulle knipa.

Men det är flickorna som betyder allt för mig, Agnes, jag vill understryka det. Såvitt jag förstår har du inga egna barn, jag vet inte om du själv valt att ha det på så vis, eller om det så att säga blivit på den vägen av naturliga orsaker. Människor är olika och var och en måste förstås få bli salig på sin fason, som gamle lektor Nygren brukade säga. Kommer du ihåg honom, svensk eller norrman, tror jag bestämt?

Rea och Betty är också så olika, trots att de har samma far och samma mor och har levt i samma omständigheter i hela sitt liv. Rea är noggrann och praktisk och ambitiös, Betty är en drömmare. Nästan som två sidor av samma mynt – eller som principerna Yin och Yang, fast de är flickor bägge två. Och jag älskar dem lika mycket, kanske framförallt för att de är två och att de kompletterar varandra så väl. De sista dagarna har det slagit mig att de påminner en del om dig och mig, Agnes, sådana vi är – eller åtminstone sådana vi var på den tiden. Du är Rea förstås, jag är Betty, visst är det märkligt hur livet liksom kan fortgå i långa utdragna ellipser och hur man ibland kan få den där skrämmande starka déjà-vu-känslan av att vara tillbaka i samma pjäs.

Vi bor i en stor våning på Pelikaanallé, alldeles invid Paulskyrkan; vi har diskuterat att skaffa oss ett hus många gånger, men vi trivs så bra här och flickorna går i skolan ett stenkast bort. Dessutom har ju David sitt barndomshem uppe i bergen – i närheten av Berchtesgaden – vi delar det visserligen med hans bror och svägerska, men de bor i Canada och är inte hemma mer än en eller ett par veckor per år.

Jag märker att jag uppehåller mig mycket vid mig och de mina i det här första brevet, jag hade inte planerat det, men det är kanske naturligt. Som jag antydde har jag dock ett ärende av betydligt mer specifik art, men jag tror det får anstå till nästa gång. Klockan är över tolv, David är ute med en del filmfolk; det gäller en ganska stor produktion av några Pirandellopjäser om jag fattat saken rätt – flickorna sover och jag har suttit i vårt bibliotek i ett par timmar och skrivit och funderat. Druckit tre glas vin också, det skall erkännas, men det är arbetsdag imorgon, så det är säkert dags att avrunda.

Förlåt att jag skrivit lite yvigt, kära Agnes, du får absolut inte känna att du måste vara lika långrandig. Men några rader skulle glädja mig mycket, och jag lovar att vara mer koncis nästa gång. Jag vill naturligtvis veta hur du känner dig. Är det bara ledsamt nu när du mist din livskamrat, eller kan det också finnas ett stråk av befrielse i förlusten? Du vet väl att man brukar likna äktenskapet vid en bur, som man antingen längtar in i eller ut ur? Jag hoppas du förstår att du kan vara lika oförbehållsam och öppenhjärtig i sådana här frågor som vi var en gång i tiden.

Men nu till sängs.

Sköt om dig och skriv snart!

Tecknar
Din Henny

Till
Henny Delgado
Pelikaanallé 24
Grothenburg

Gobshejm den 7 oktober

Kära Henny,

tack för ditt långa brev, som jag läst med – jag försäkrar dig – stor behållning. Var inte rädd för att berätta, det var ju så vi hade det med orden en gång i tiden – du använde hundra där jag använde tio.

Och tro inte att jag inte förstår, även om du missar spikhuvudet med någon centimeter, det är så roligt att höra ifrån dig igen. Rimligen har vi väl levt halva våra liv vid det här laget, och både med tanke på detta och med tanke på Erichs död, känns det som en god tidpunkt att stämma av lite grann var man står.

Beträffande mina omständigheter, så har jag inte lika mycket som du att berätta, eftersom jag inte har någon familj. Erich hade ju vuxna barn redan när vi träffades, och vi valde tidigt att inte sätta några fler till denna tvivelaktiga värld. De senaste åtta åren – sedan jag var klar med min avhandling – har jag arbetat på universitetet i H-berg, det är ju bara sju-åtta kilometer härifrån och jag har trivts utmärkt med det akademiska livet från första stund. Under de senaste terminerna har jag verkligen fått hand om de kurser som ligger mig varmast om hjärtat – romantiken och den engelska 1800-talsromanen – och liksom du, kära Henny, känner jag att jag har en uppgift att fylla i livet, även om jag aldrig kommer att ha egna barn och på det viset föra släktet vidare.

Erich behöll det här underbara huset vid Molnar när han skildes från sin förra fru, och vi har bott här alltsedan vi gifte oss. Det är en charmig gammal historia i timmer och pommersten med vildvuxen trädgård och utsikt ner mot floden. Om jag har några bekymmer inför framtiden, så är det frågan om hur jag skall lyckas behålla mitt boende. Erichs barn, Clara och Henry, är naturligtvis berättigade till halva arvet, och hur jag skall kunna lösa ut dem vete gudarna. Jag är inte säker på om du identifierade dem under begravningen. Henry är lång, mörk och arrogant, Clara lite kutryggig, råttfärgad och åtminstone tio kilo överviktig; de satt bägge två på främsta bänk i kyrkan, fast på andra sidan mittgången från mig räknat. Ärligt talat avskyr jag dem lika mycket som de avskyr mig, men det skall väl gå att hitta en lösning på det problemet också. Det förvånar mig lite att de ännu inte hört av sig i arvsfrågan, det har ändå gått två veckor sedan bouppteckningen, men det står säkert inte på förrän jag får ett samtal från någon renommerad advokatbyrå.

För övrigt är det alldeles riktigt som du antyder; det finns ett stråk av lugn och lättnad efter Erichs död. När man gifter sig med någon som är så pass mycket äldre, är det nästan oundvikligt att man går och oroar sig för att bli lämnad ensam (läkaryrket är förvisso ingen garanti för ett långt liv, snarare tvärtom, tror jag), och kanske skall man vara en smula tacksam för att det sker när man är 40, istället för när man är 50 eller 60. Du har förstås också rätt i att vi närmar oss medelåldern, Henny, men nog har vi fortfarande en del kvar att ge och en del att leva för. Eller hur?

Du skriver att du har ett bestämt skäl – en specifik idé – med att börja den här brevväxlingen, och att det på något vis har att göra med din make. Jag måste erkänna att det gör mig nyfiken, och jag uppmanar dig därför att inte ”gå i fler cirklar och krumbukter på kvinnors vis” – utan att komma till saken i ditt nästa brev, som jag hoppas att jag inte behöver vänta alltför länge på.

Jag slutar med denna uppmaning, det är dags att gå ut med hundarna på kvällspromenad; de är två stycken, således, smäckra, spänstiga rhodesian ridgebacks, jag har ännu inte bestämt mig för om jag kommer att behålla dem – vi har haft dem i snart fem år, jag tycker mycket om dem, men de kräver onekligen både tid och uppvaktning. Som nu.

Men som sagt, kära Henny, hör av dig snart igen. Jag väntar med spänning.

Varmaste hälsningar
Din Agnes

Skolan heter Wallmanska skolan efter en J. S. Wallman som dog i ett krig för hundrafemtio år sedan. I klassen är vi 25 stycken; jag och en nervös pojke som heter Dragoman var nya när hösttermi-nen började, men två hade flyttat så fröken Zimmermann sa att det var bra att vi kom och fyllde ut luckorna.

Jag och Henny är bäst i klassen tillsammans med Adam, som har glasögon tjocka som flaskbottnar. Han började läsa redan i vaggan och förstörde på så vis ögonen. Henny och jag umgås litegrann med honom och med hans kusin Marvel, som också går i klassen. Marvel hör till dem som alltid är sämst på proven, särskilt i matematik och stavning, men han är stor och stark och bra att ha när det kommer till handgemäng.

Jag trivs rätt så väl i skolan, i julas fick jag huvudrollen i spelet om Envar Främling, fröken Zimmermann sa att jag hade teatertalang, och jag försöker att inte tänka så mycket på min far och min bror borta i Saarbrücken. På hela hösten och vintern var jag inte på besök där mer än två gånger, och min bror har varit hos oss i våningen ett par timmar en eftermiddag när han var på genomresa till ett scoutläger i Ravensburg. Det känns en smula konstigt att vi har så lite kontakt, men ännu konstigare är det kanske att jag egentligen inte bryr mig om det.

Min mor jobbar ganska mycket. Tandläkare Maertens har sin mottagning på Gerckmarkt, jag har också varit där och fått två hål lagade. Jag tycker inte om honom; han är ironisk och oerhört hårig, ögonbrynen är svartbuskiga och när man sitter i stolen ser man att hans näsborrar är så igenväxta att det är förvånande att han överhuvudtaget kan andas genom dem.

Hennys mamma har varit sjuk en del de senaste månaderna och vi har tagit hand om hennes lillebror Benjamin under några eftermiddagar. Han är en snorig sexåring som gnäller och är missnöjd mest hela tiden. En gång tappade vi bort honom i Mindeparken. Det var kallt och regnade och vi letade efter honom i flera timmar. När det blev mörkt och vi fortfarande inte hittat honom, började Henny gråta och sa att hon aldrig skulle förlåta sig själv om Benjamin dog. Hon dillade en massa om att hon skulle göra slut på sig genom att kasta sig framför tåget eller i Neckar, men när hon låg på knä i sandlådan på lekplatsen där vi sist sett Benjamin – och bad till Gud – dök han plötsligt upp igen. Benjamin alltså, inte Gud. Han var snorigare och gnälligare än någonsin och hade rivit sönder sin skjorta som var ny för dagen.

Om man bara gör sitt bästa och lägger sitt öde i Guds händer, går allting bra till slut, sa Henny och kramade sin blöta och smutsiga lillebror.

Jag sa ingenting; tyckte i och för sig det var bra att han kommit till rätta, det skulle ha blivit en massa trubbel annars, men i ärlighetens namn kan jag inte påstå att jag skulle ha saknat honom om han nu hade gått och förolyckats på något vis.

I mitten av maj – två veckor efter min tolfte födelsedag och två dagar efter att jag fått min första mens – upptäcker jag någonting förfärligt.

Min mor har ett förhållande med sin chef, tandläkare Maertens. Jag kom på dem av en ren slump när de kom ut från restaurang Pomador på Glockstrasse hand i hand. Jag sprang rakt i armarna på dem, praktiskt taget, och de såg fruktansvärt generade ut bägge två. Vi sa bara hoppsan och hej, och så fortsatte jag bort till biblioteket på Wollmarplatz dit jag varit på väg – men när jag kom hem två timmar senare berättade min mor som det var. Hon sa att de hade börjat sällskapa litegrann; hon använde just uttrycket ”sällskapa”, och jag tycker det låter både ålderdomligt och fånigt. Så gammal är hon ändå inte.

Jag säger åt min mor att jag tycker tandläkare Maertens är äcklig, och påpekar att hon måste vara åtminstone trettio år yngre än han. Min mor blir arg, säger att Maertens är en mycket sympatisk och kultiverad man, och att han ännu inte fyllt femtio.

Och att hon minsann behöver lite trygghet efter att ha kastat bort halva sitt liv på en sådan libertin som min far.

Jag upprepar att jag håller Maertens för frånstötande och låser in mig på mitt rum. När min mor knackar på dörren en halvtimme senare släcker jag ljuset och låtsas sova.

Det blir bestämt att Henny och jag skall tillbringa en stor del av sommarlovet tillsammans. Hennys farbror och faster har ett stort hus vid sjön Lagomar, vi skall få ett eget rum uppe på vinden. Förutom farbrodern och fastern finns där också tre kusiner på plats, ett par tvillingpojkar som är i våran ålder och en flicka på fem-sex. Jag vet inte om jag egentligen har någon vidare lust att åka till Lagomar, men såvitt jag förstår har jag inget val. Jag protesterar heller inte, och Henny verkar se fram emot arrangemanget. När vi jämför våra betyg på avslutningsdagen visar det sig att vi har precis samma genomsnitt. Adam är ett par futtiga tiondelar bättre, vi enas om att det beror på att han är pojke och har glasögon.

På kvällen dagen innan vi skall ta bussen till Lagomar röker jag min första cigarrett tillsammans med Henny, Adam och Marvel. Vi ligger bakom ett buskage i Mindeparken och Henny blir så illamående att hon kräks på Marvels examensbyxor. Marvel röker förresten två stycken cigarretter, säger att han mår utmärkt av tobaken och att han skiter i om vi spyr på hans byxor allihop. Han har sämst betyg i hela klassen och skall plugga under sommaren för att slippa gå om årskursen. När Adam gått hem frågar Marvel om Henny och jag vill se hans snopp. Henny säger att det gör detsamma för hennes del om han visar den eller inte, och jag säger okej då. Han knäpper upp gylfen och tar fram den, förklarar att den ser ut som den gör för att han är omskuren, och Henny och jag tackar för titten.

Till
Agnes R.
Villa Guarda
Gobshejm

Grothenburg den 12 oktober

Kära Agnes,

tack för ditt brev, som jag läst med stort intresse. Det gläder mig att höra att du trivs med ditt yrke och det gläder mig att du tycks ta din makes död med fattning. Jag vet ju att du alltid brukade hålla huvudet kallt förr i tiden, inte dras ner i några känslans malströmmar, och det verkar som om du behållit dessa goda egenskaper. I vilken grad jag själv förändrats under de år som gått, kan jag förstås inte bedöma alldeles hundraprocentigt, men ibland får jag för mig att jag innerst inne är samma människa som den där tolv- eller femton- eller artonåringen. Om vi så småningom kommer så långt som till att träffas igen, har du säkert inga svårigheter att avgöra om jag har rätt eller fel uti det här. Liksom väl jag får möjlighet att upptäcka samma unga flicka i dig, Agnes?

Men jag har ingen önskan att se dig öga mot öga ännu, kära vän, och för att förklara detta måste jag nu komma in på det speciella ärende jag hade när jag började den här brevväxlingen – och i högsta grad fortfarande har. Du uppmanar mig ju att inte undanhålla dig detta skäl i onödan, utan att komma till saken med det snaraste, så därför tar jag nu gud i hågen och två djupa andetag. Hoppas du inte blir förfärad, bara, men den risken måste jag ta; det går inte att undvika.

Som jag nämnde så gäller det David. Du vet ju att vi varit gifta i nästan arton år vid det här laget. Han friade bara några veckor efter King Lear, vi förlovade oss i juni och gifte oss i november samma år, ja, det här har du knappast varit okunnig om. Och vi har haft goda år tillsammans, David och jag; när jag ser tillbaka så förstår jag att det varit så... åtminstone de tio första. Jag vet – du behöver inte förneka det, kära Agnes – att du ibland tyckte jag var en otillåtet naiv och godtrogen person; jag minns fortfarande många av våra samtal och meningsskiljaktigheter, och att du aldrig trodde på försynen och de goda strömmarna i livet som jag gjorde. Att vi inte kan göra mycket annat än att handla efter bästa förmåga och sedan acceptera konsekvenserna vilka de än blir.

Att vi måste förlita oss på det goda. David och jag talade också mycket om de här sakerna den allra första tiden, och när vi svor varandra evig trohet var det inte bara tomma ord och urvattnad ritual.

Det var allvar; vi bestämde oss för att leva tillsammans med varandra och våra kommande barn livet ut; kärleken får inte vara villkorad, varken av händelser eller av tidens tand. Så enkelt är det, och så svårt.

Men nu har det alltså hänt. Genom omständigheter som jag inte behöver gå in på här och nu vet jag att David träffar en annan kvinna. Jag känner inte till vem hon är, och jag bryr mig heller inte om det. Men David har svikit mig, våra barn och vår kärlekspakt, och det tänker jag inte finna mig i. Hur länge den s.k. affären pågått är jag inte riktigt säker på, men det rör sig om åtminstone sex månader och troligen åtminstone dubbelt så lång tid. David håller det naturligtvis hemligt och jag svarar med samma mynt; jag avslöjar inte med ett ord och inte med en min att jag känner till vad han har för sig bakom min rygg. Det är inte genom att konfrontera honom eller börja försöka tala honom tillrätta – spela upp hela det urgamla och trista skådespelet med den ertappade mannen och den förorättade och svikna hustrun – som jag tänker angripa problemet. Jag har tänkt igenom alla möjliga och omöjliga lösningar under de senaste månaderna – med mitt eget och flickornas bästa för ögonen – och, kära Agnes, det finns helt enkelt ingen tvekan. David måste dö.

Jag förstår mycket väl om du nu drar efter andan och med stegrad puls läser om de sista raderna. Kanske skjuter du brevet ifrån dig och stirrar tomt framför dig. Skakar på huvudet och gnuggar din högra tinning på det där viset du alltid gjorde förr i tiden när du funderade intensivt över någonting.

Men det hjälper inte. Orden står där och jag är bergfast i mitt beslut. Min make måste dö. Han förtjänar inte att leva vidare, och vad du än gör, Agnes, försök inte argumentera med mig på den här punkten.

Vad anbelangar nästa punkt får du dock – givetvis – ha hur många och hur välartikulerade synpunkter som helst. Det är nämligen så att jag vill ha din hjälp.

Nej, lägg inte undan brevet, snälla Agnes! Gör mig åtminstone den tjänsten att du läser ända till slutet. Alldeles oavsett hur du ställer dig, kommer jag att se till att David dör inom en inte alltför avlägsen framtid. På det ena eller andra sättet. För något år sedan läste jag en kriminalroman, jag minns inte författarens namn men jag tror det var en amerikan – boken handlade om två främlingar som möts på ett tåg, och när de börjar prata med varandra upptäcker de att de bägge två skulle ha stor vinning av att en närstående person dog. Var för sig och två presumtiva offer, alltså. Att bara röja vederbörande släkting ur vägen på något vis låter sig dock inte göras utan vidare, eftersom de omedelbart skulle bli misstänkta för respektive mord. Men så dyker tanken upp att de skulle kunna byta offer med varandra. Criss-cross kallar de det. A åtar sig att mörda B:s fru, B skall ta livet av

A:s rika släkting.

Hänger du med, Agnes? Det var när jag började grubbla över Davids förräderi och satte det i förbindelse med criss-crossidén, som jag kom att tänka på dig. Visserligen kan ju inte jag hjälpa dig på motsvarande sätt (antar jag), men poängen är att David skall mördas av någon som inte finns i min bekantskapskrets, medan jag själv befinner mig på annan ort och har vattentätt alibi. Det är det hela. Och jag lovar dig att jag kan betala en ordentlig summa för din insats. I ditt senaste brev nämner du att du är en smula bekymrad för hur du skall kunna bo kvar i Erichs hus – tro mig, Agnes, hundratusen är inget problem för mig, och är det så att du behöver mer, kan vi väl diskutera saken.

Jag märker att jag börjar bli mångordig igen; utan tvivel har du vid det här laget förstått vad det är jag ber dig om. Jag har ännu så länge inte funderat över tillvägagångssätt och sådant – den dagen, den sorgen, brukar jag tänka – men jag inväntar, som du förstår, ditt svar med en och annan fjäril i magen. Jag ber dig verkligen att ta ett par dagar på dig för att överväga mitt erbjudande – och om du ger mig ett preliminärt ja, vilket jag hoppas av hela mitt hjärta, så betyder det förstås inte att du inte kan ändra dig längre fram. Alls inte. Det enda jag önskar för tillfället är att du går med på att diskutera saken. Hypotetiskt och alldeles förutsättningslöst, som det brukar heta.

Så, kära Agnes, ta dig en ordentlig funderare,

och låt mig sedan veta besked. Alldeles oavsett hur du ställer dig är och förblir jag

Din trofasta väninna
Henny

Till
Henny Delgado
Pelikaanallé 24
Grothenburg

Gobshejm den 19 oktober

Kära Henny,

jag har nu läst ditt senaste brev tio gånger och vet fortfarande inte om jag skall tro mina ögon.

Det du föreslår är så horribelt motbjudande att jag saknar ord. Jag tvivlar, allvarligt talat, på att du är vid dina sinnens fulla bruk, och har funderat hela kvällen på hur jag egentligen skall formulera mitt svar – utan att komma fram till något godtagbart alternativ.

Därför ber jag dig istället komma med ett klargörande brev, där du antingen tar avstånd ifrån ditt förslag, eller förklarar vad i hela friden du menar – och varför du för en sekund inbillar dig att jag skulle ställa mig till förfogande för någonting så fullkomligt absurt som det du skisserar.

Med vänlig hälsning
Agnes

Sommarhuset vid sjön Lagomar visar sig i själva verket bestå av tre byggnader. Alltihop ligger i en uthuggning i skogsbrynet med ett sluttande gräs-tun ner mot sjön och en egen gyllene sandstrand. Inte mer än trettio-fyrtio meter lång visserligen, men ändå.

I huvudbyggnaden sover herr och fru Karminen och sexåringen Karen. Herr Karminen heter Werner i förnamn men kallas allmänt för Chokladkungen eller bara Kungen – han har en firma som tillverkar chokladpraliner och redan efter två dagar har vi ätit oss nöjda.

Herr Karminen är bara på plats helger, kvällar och nätter; tidigt om morgnarna tar han sin blå-svarta Rover in till Schwingen och sätter igång chokladruljangsen. Fru Karminen heter Sofie, hon är en så kallad sorgsen skönhet, tror jag, med vidjesmal midja och tjockt långt hår i nästan samma nyans som Rovern. Hon sitter i stort sett hela dagarna i skuggan i en vilstol och läser böcker, medan hon röker smala cigarrcigarretter i guldmunstycke. Karen får varje dag besök av en annan sexåring från en gård i närheten, de håller till nere i sjökanten timme efter timme och smutsar ner sig efter förmåga.

I ett mindre hus uppe till höger bor jag, Henny och en sorts släkting som heter Ruth. Ruth är i trettioårsåldern, jag tror hon är en smula efterbliven, det enda hon sysslar med är att laga mat och hålla ordning. På kvällarna, när Chokladkungen återvänt från Schwingen, äter hela konkarongen gemensam middag vid ett långbord utanför mitthuset, och det är alltid Ruth som lagat varenda rätt och som tar hand om disken efteråt. Men hon är inte ledsen för det, hon sjunger smäktande romanser utan ord hela dagarna – utom under måltiderna – och verkar på det hela taget trivas med tillvaron.

I vänsterhuset – som liksom vårt bara består av ett rum och ett pyttelitet kök – sover tvillingkusinerna Tom och Mart. De är tretton år gamla och redan från början förstår jag att det är de som kommer att göra sommaren uthärdlig.

Till utseendet är de nästan identiska; långa beniga pojkar med kortklippt mörkt hår och uppkäftiga ögon. De första dagarna tar jag miste på vem som är vem, men så lär jag mig att det finns något hos Mart som inte finns hos Tom. Någonting inre; jag kan inte riktigt formulera vad det är, men en kväll när de berättar att Mart är tjugo minuter äldre än Tom förstår jag att det är här det ligger. Han är storebror, helt enkelt, väger förmodligen ett kvarts kilo mer och är en halv centimeter längre också. Inte bara just den här sommaren utan genom hela livet; jag kan inte fatta varför sådana futtigheter skulle vara så betydelsefulla, men samtidigt begriper jag att de faktiskt är det. Jag har börjat lära mig ett och annat.

Vem tycker du bäst om? frågar Henny en kväll när vi gått och lagt oss men Ruth ännu inte kommit och släckt ljuset. Tom eller Mart?

Jag vet inte, säger jag.

Du måste svara, säger Henny. Om du var tvungen att gifta dig med en av dem, vem skulle du ta?

Mart, säger jag då.

Mart är min, säger Henny. Du får nöja dig med Tom.

Jaså? säger jag. Ja, för min del får du gärna gifta dig med bägge två.

Jag menar inte ett uns av vad jag säger. Tvärtom, det här är på liv och död, det vet jag, och jag ligger vaken i över en timme och gör upp planer.

Ett par dagar senare får jag Mart för mig själv när vi är ute och letar mask till en fisketur. Jag berättar för honom att Henny avslöjat för mig i förtroende att hon är väldigt förtjust i Tom, men att hon inte gillar Mart något vidare.

Mart svarar inte, men han får ett tjurigt och lite vattnigt uttryck över ögonen och jag ser att det jag sagt berör honom djupt. Vi fortsätter att hacka med våra spadar under tystnad en stund.

Men jag gillar dig bättre, säger jag. Mycket bättre.

Han hejdar sig och betraktar mig kisande.

Kom hit, säger han och kastar undan spaden.

Sedan kysser han mig hårt och brutalt så att jag nästan tappar andan.

Senare i båten lägger Henny märke till att jag har ett svullet sår på läppen, och hon frågar var jag fått det ifrån. Jag säger att jag inte har en aning, men det räcker med att jag kastar ett öga på Mart för att hon skall förstå. Jag märker det på henne, hon blir liksom stel och obekväm i kroppen. I min kropp känns det däremot bara fint: lite pirrigt och lite ljuvligt. Jag sticker ut tungspetsen och slickar försiktigt över såret.

Vi umgås alltid tillsammans, alla fyra. Bråkkvartetten kallar Chokladkungen oss. Nå, vad har bråkkvartetten ställt till med idag då? frågar han varje kväll när vi satt oss till bords.

Vi svarar aldrig, eftersom det är så uppenbart att vi inte förväntas göra det. Vi byter bara blickar med varandra, ler sammanbitet och konspiratoriskt.

Och inte är det så att vi anställer särskilt mycket skada heller. Men vi har vårt för oss själva. Badar och fiskar och spelar spel. Cyklar in till byn och köper glass. Bygger en koja fast vi egentligen är alldeles för stora för sådant, och en dag konstruerar vi en flotte med hjälp av två tomtunnor och en massa bräder som vi hittar under en presenning bakom vänstra huset.

Ingen av oss kommenterar heller det faktum att det är jag och Mart som hör ihop. Han kysser mig aldrig mer, men det märks ändå. Framgår av det sätt vi alltid parar ihop oss på när vi spelar kort eller badminton, när vi ror ut med båten eller cyklar till byn. Eller går och pratar, bara.

Och Henny ställer inte den där frågan igen. Jag vet att hon vet, och hon vet att jag vet. Men att tala om det skulle vara att släppa in någonting annat och erkänna sig besegrad, det skulle aldrig falla Henny in. Inte mig heller. Tvärtom låtsas både hon och jag som ingenting och hon är verkligen en mästare på det, Henny. Ibland får jag för mig att hon går och ruvar på någonting, att hon ligger i sin säng om nätterna när Ruth för längesedan släckt lampan och börjat dra sina puffande snarkningar – ligger där och umgås med någon sorts plan som jag nog gjorde bäst i att försöka komma en smula på spåren.

Men ingenting händer. Inte förrän en natt i sista veckan, när dagarna blivit lite kortare och nätterna lite mörkare. Det är i mitten av augusti, vi har bestämt oss för att smita ut när de vuxna somnat. Ta med oss korv och läsk och ro ut till Sorts ö och grilla.

Ön är en rund historia tio minuters roddtur från land. Den är cirka hundra meter runt om och bevuxen – märkligt nog – med ett enda träd, en stor ek, och den har sitt namn från en viss Andreas Sort som åkte ut och hängde sig i den efter en olycklig kärlekshistoria i mitten av 1800-talet. Flickan ifråga hette Blanche och lär ha dränkt sig kort därefter.

Till en början går det som planerat den här natten, men av någon anledning råkar vi elda lite för häftigt och lågorna letar sig ner i, och får fäste i, krämtenbärssnåren under eken. Vi försöker släcka förstås, men snart har elden spritt sig runt hela ön. Det enda vi kan göra är att hoppa i båten och ge oss ut på vattnet.

Och så sitter vi där och guppar medan vi ser Sorts ek brinna ner i den ljumma natten. Jag tänker att jag aldrig sett någonting häftigare i hela mitt liv; det är fullmåne också, en stor gul augustimåne som glidit upp över skogsranden, men Henny börjar gråta. Tom tar henne i sin famn, och då gråter hon ännu värre för att det inte är Mart som gör det. Mart smyger istället in sin hand i min under en filt och vi ror inte hem igen förrän hela ön är mörk och död.

Mart kysser mig inte den här natten heller, men jag känner på hans varma bultande hand att han bra gärna skulle vilja göra det. Annat också antagligen.

När vi äter frukost nästa morgon säger Ruth att det måste ha varit åskväder under natten, för blixten har slagit ner i Sorts ek och både den och hela ön har brunnit upp.

Men ingen har hört någon åska, det är lite egendomligt.

Vi är ganska trötta och dämpade den här dagen, den går liksom förbi utan att lämna några intryck, och påföljande morgon skjutsar Chokladkungen oss till busstationen i Schwingen. När Henny och jag sitter och glider fram och tillbaka på baksätets glatta skinn, känns det som om vi ändå kommit varandra närmare. Som om sommaren lärt oss en del, både om livet och om oss själva.

Att allting kanske inte är som det borde vara, men att man gör bäst i att anpassa sig efter omständigheterna. Eller någonting i den stilen. Vi talar inte om det medan vi sitter i Rovern förstås, det är bara Kungen som håller låda här – och inte under den svettiga bussresan tillbaka till Grothenburg – men två dagar senare, när vi är ute i parken och passar Benjamin igen, säger Henny:

Vet du vad jag tror, jag tror att vi egentligen var systrar när vi föddes.

Jaså? säger jag.

Men att vi kom ifrån varandra på något sätt på BB. Jag har aldrig haft en så bra vän som dig.

Jag säger att jag läst att det slarvas en hel del på

sjukhusen – och för att vara på den säkra sidan blandar vi, lite senare på kvällen, blod med varandra.

Till
Agnes R.
Villa Guarda
Gobshejm

Grothenburg den 27 oktober

Kära Agnes,

tack för ditt svar. Jag vet inte riktigt vilken reaktion jag hade förväntat mig, men kanske just den här. Trots allt.

Jag kan dock inte tillägga mycket till det jag skrev i mitt förra brev, är jag rädd. Men låt mig försäkra dig om två saker: jag är vid mina sinnens fulla bruk och jag tänker genomföra vad jag föresatt mig att göra. Jag litar på att du i varje fall känner dig så pass förbunden med mig att du inte avslöjar mina planer för någon. Vill du inte hjälpa mig är det din sak, men jag vore tacksam om du snarast låter mig veta om du överhuvudtaget är intresserad av att diskutera saken. Lidelsefritt och hypotetiskt, som sagt; på intet vis behöver du känna att du binder dig vid någonting, jag kan inte nog understryka detta.

Beträffande det ekonomiska står jag fast vid hundratusen, jag är säker på att det går att leja en professionell hejduk för en betydligt lägre summa, men som du förstår håller jag mig lite för god för en sådan lösning.

Alltnog, det får bli ett kort brev detta. Du ville ha en bekräftelse och nu har du fått det. Hör av dig snart, kära Agnes, och låt mig veta hur du ställer dig.

Din väninna Henny

Till
Henny Delgado
Pelikaanallé 24
Grothenburg

Gobshejm den 30 oktober

Kära Henny,

ibland är det nästan komiskt hur saker och ting kan sammanfalla. Igår fick jag två brev med posten, det ena från dig, det andra från advokatbyrån Klinger&Klinger i München. Efter att ha kontaktat min egen advokat här i Gobshejm, herr Pumpermann, och diskuterat läget med honom en dryg timme nu under eftermiddagen, har jag fått klart för mig att jag verkligen sitter lite illa till ekonomiskt sett. Nej, missförstå mig inte, naturligtvis har jag så att jag klarar mig, och mer därtill – men om jag vill behålla mitt kära hus, så krävs oekligen en del omdisponeringar.

Han uttrycker sig så, advokat Pumpermann – omdisponeringar! – undviker skickligt att nämna saker och ting vid deras rätta namn, det kanske är någon sorts yrkesskada. Vad han menar är hursomhelst att det fattas pengar, kort och gott. Jag frågade honom hur mycket, han lade pannan i veck och förklarade allvarligt att med åtti-nitti tusen skulle allting utan tvivel komma i betydligt bättre dager.

Så, kära Henny, efter att ha suttit i min sköna fåtölj några timmar och grubblat tillsammans med dina brev och fyra (fem?) glas portvin – kliat hundarna under hakan, rökt alldeles för många cigarretter och tänkt över gamla tider – så tillskriver jag dig nu i ditt specifika ärende, som du kallar det, och... ja, varför inte låta oss diskutera saken åtminstone?

Det kan väl ändå inte skada?

Tecknar i all hast
Din Agnes

TANDLÄKARE MAERTENS ÄR DÖD.

Han dog en regnig januarimorgon efter att ha legat i koma på sjukhuset i fem dagar. Orsaken till koman var ett egendomligt fall i trappan i vårt hus; han hade varit och hälsat på min mor en kväll, de hade ätit och druckit vin, och på något vis trampade han fel och föll huvudstupa när han var på väg nerför trappan, där det tillfälligtvis var något mankemang med det elektriska och mörkt som i en kolsäck.

Det gjordes en viss utredning av omständigheterna runt dödsfallet, men ingenting framkom förutom att den gode tandläkaren brutit nacken och höger tumme.

Framemot påsk, som det här året infaller i mitten av april, verkar min mor ha sörjt färdigt, en ny tandläkare har tagit över mottagningen och det har kommit löv på de stora lindarna utanför mitt fönster. Jag känner mig allmänt tillfreds med tillvaron och mitt liv. Numera är jag bäst i klassen, Henny har sackat efter lite och Adam har varit sjuk under en del av vintern och inte kunnat göra sig själv riktig rättvisa. Det är något med hans lungor och han är ju på det hela taget en ganska klen pojke.

Men till hösten skall vi alla tre börja på Weivers högre allmänna läroverk på Waldemarstrasse. Fem andra ur klassen har också kommit in, men Marvel måste vi förstås skiljas ifrån. Det gör ingenting. Vi umgås inte så mycket med honom längre, han har börjat röka på allvar och hänger oftast ihop med ett par äldre pojkar från yrkesskolan ute i Löhr. Jag tror Marvel också skall gå där till hösten, och det är såvitt jag förstår en ganska naturlig utveckling. Jag har en känsla av att det inte kommer att gå så bra för honom i livet.

Henny och jag pratar nästan hela tiden med varandra. På rasterna i skolan, på eftermiddagarna när vi gör läxorna tillsammans eller går och simmar i Genzer Sportpalatz – eller på kvällarna när vi ringer till varandra trots att våra mammor försöker förbjuda oss att göra det.

Vi diskuterar allt mellan himmel och jord, som det brukar heta. Vad vi skall bli när vi blir stora, hur pojkar innerst inne egentligen tänker, om det alltid är fult att ljuga och om fröken Butts verkligen har ett förhållande med musiklärare Fitzsimmons.

Vi talar om Gud också. Henny hävdar bestämt att han finns, själv är jag mera tveksam. Världen borde inte se ut som den gör om det fanns någon som höll i trådarna, menar jag, men Henny säger att allt kommer att bli bra så småningom, det är bara vägen dit som är lite krokig.

Menar du redan i våra liv? frågar jag, eller måste vi ligga döda och vänta på domedagen i tiotusen år först?

Både och, säger Henny trosvisst. Det kommer att gå bra för både dig och mig i livet, bara vi fortsätter att var goda och ödmjuka.

Jag säger att det nog inte skadar att vara en smula förutseende och på sin vakt också, annars är det lätt att man blir överlistad av ondskan. Henny förstår inte riktigt vad jag menar och ber om ett exempel, men jag inser att det är bäst att inte ge henne något.

Beträffande våra framtidsplaner så vill jag bli skådespelerska eller författare, kanske bäggedera. Henny byter åsikt en gång i månaden – i mars vill hon utbilda sig till veterinär, i april tänker hon bli kläddesigner och i maj siktar hon på att gifta sig rikt och uppfostra sex barn medan hon odlar ekologiska rosor och målar bleka akvareller i en liten fransk fiskeby. Maken skall helst jobba inom FN och vara ute på resor ganska mycket; i köket skall hon ha stora rödsvarta klinkerkvadrater på golvet.

Jag tycker Henny är lite naiv, och ombytlig i

överkant, men vi är ändå oskiljaktiga och när hon i början av juni förälskar sig i en fullkomligt hopplös pojke vid namn Dimitri, ser jag verkligen till att sätta käppar i hjulet. Efteråt, när hon kommit undan med hedern i behåll, tackar hon mig också uppriktigt för att jag inte sviktat. Jag tycker själv att jag är ovanligt mogen för att bara vara tretton år.

Under sommarlovet åker jag till min far och bror i Saarbrücken. Det har tagit slut med Else, och jag kan åter ta mitt gamla flickrum i besittning. Jag jobbar på mornarna och förmiddagarna på Goscinskis bageri, på kvällarna cyklar jag ner till floden och träffar gamla kamrater. Ju längre sommaren går, desto tydligare inser jag att jag vuxit ifrån dem – jag kommer på mig med att tänka att det var nyttigt för min personliga utveckling att min far och min mor skildes.

Kanske har jag vuxit ifrån min far och bror också, jag umgås inte med någon av dem och när vi intar gemensamma måltider är det ofta påfallande tyst runt matbordet. Min far ser ut att ha blivit tio år äldre och om han säger någonting har det alltid med vädret eller fotbollslaget Zenit att göra. Min bror försöker aldrig ge mig stryk som förr i världen, men i och med det verkar också all kommunikation mellan oss ha upphört.

När Henny och jag och 172 andra sitter i Weivers läroverks stora aula den 1 september, känner jag en spänd förväntan inför de år som ligger framför oss. Det tycks mig som om barndomen är över nu, och jag är rätt säker på att jag inte kommer att sakna den.

Till
Agnes R.
Villa Guarda
Gobshejm

Grothenburg den 11 november

Kära Agnes,

så glad jag blev när jag fick ditt brev, även om jag naturligtvis hoppas att det inte bara är de ekonomiska aspekterna som fått dig att gå med på mitt förslag.

Förlåt, som fått dig att vilja diskutera saken, menar jag förstås. Jag vill på intet vis styra eller dominera det händelseförlopp som ligger framför oss; tvärtom tror jag det är viktigt att både du och jag, käraste Agnes, är helt överens om varje steg, varje aldrig så liten detalj i genomförandet. Vi måste planera allting minutiöst och vinnlägga oss om att inte ta några onödiga risker. När allt kommer omkring borde det inte vara särskilt märkvärdigt för två kvinnor av vår kaliber att mörda en enda man och komma undan med det. Eller hur, Agnes?

Nej, när jag tänker på det är jag övertygad om

att vi – om vi bestämmer oss för det – kommer att hitta en metod där vi inte överlåter något åt slumpen och där polisen kommer att stå handfallen och utan så mycket som en aning om vem det är – och vilka krafter – som bragt David om livet.

Det första vi måste ha för ögonen – åtminstone såvitt jag kan se – är förstås att jag har ett hundraprocentigt alibi. Hustrun till en mördad man är ju per definition den första person polisen misstänker. De kommer att göra det i det här fallet också, oavsett om de har kännedom om Davids otrohet eller inte – oavsett om de vet om min kännedom om den eller inte. Således får vi inte slarva på den här punkten, det första kravet och det första villkoret är att jag under inga förhållanden kan ha haft möjlighet att begå mordet.

Förutsättningarna för att säkerställa detta villkor – förlåt att jag låter så formell och teknisk, kära Agnes, jag märker det själv och det känns en smula främmande onekligen, men jag tror det skulle ligga oss i fatet om vi börjar bli känslosamma – förutsättningarna för mitt säkra alibi är förstås dels att det går att fastställa tidpunkten för Davids död med någorlunda exakthet, dels att jag själv vid denna tidpunkt bevisligen befunnit mig någon annanstans. Så långt bort ifrån brottsplatsen att jag enbart utifrån detta faktum kan strykas från listan över misstänkta. Bevisligen, som sagt; det torde behövas ett eller annat vittne i det här sammanhanget, eller hur, Agnes?

Nåja, för att göra ett långt resonemang kort, så föreställer jag mig att det finns två varianter: Antingen dödar du min man i vårt hem medan jag befinner mig någon annanstans – eller också dödar du honom någon annanstans medan jag befinner mig hemma.

Efter att ha funderat över och vägt dessa bägge alternativ mot varandra kommer jag fram till att jag föredrar det senare. Jag vill att vi låter det ske på annan ort, helt enkelt; jag känner att jag måste ta så mycket hänsyn som möjligt till flickorna, och det skulle utan tvivel bli onödigt uppslitande och traumatiskt för dem om de behövde ha sin döde far så nära inpå sig – och även om det naturligtvis vore möjligt att arrangera så att de på något vis vore bortresta under mordnatten (jag tycks förutsätta att det bör ske under natten, visst är det märkligt, Agnes?), så skulle de säkert ha svårt att efteråt finna sig till rätta i en våning där deras far tagits av daga.

Min grundtanke blir således – och jag vill egentligen inte gå längre än så här innan jag inhämtat dina synpunkter – att vi låter mordet äga rum på betryggande avstånd från Grothenburg. Kanske ett hotellrum i München eller Berlin eller Hamburg. David är ute på resor och övernattar på annan ort åtminstone två eller tre gånger i månaden, så det borde inte vara svårt att hitta ett tillfälle.

Angående metoden är det mig tämligen egalt hur du bär dig åt; jag tycker absolut att du skall få välja det som passar ditt kynne bäst. Personligen skulle jag föredra att skära halsen av honom, men det är kanske för riskabelt. Och väldigt blodigt förstås. En kula genom huvudet verkar på många sätt säkrare, men då har vi förstås också frågan om hur man skaffar ett vapen att ta ställning till.

Givetvis finns det också andra metoder, men här måste din röst väga tyngst, Agnes. Kanske har du preferenser på det här mörka området, både estetiska och rationella, det skulle inte förvåna mig. Beträffande tidsaspekten är det förstås ingen överhängande brådska, men jag skulle nog helst se att vi ror projektet i land inom en någorlunda snar framtid. Två-tre månader som högst; med tanke på planeringen av flickornas sommarlov och allt sådant skulle det onekligen vara skönt om han vore i jorden före påsk åtminstone.

Alltnog, kära Agnes, hör av dig snart med synpunkter, jag känner att jag väldigt gärna skulle vilja träffa dig igen, men vi måste självfallet undvika all kontakt tills vi satt punkt för David. Något halvårs säkerhetsmarginal därutöver också, antar jag.

Men mer om allt sådant längre fram.

Lovar
Din förbundna Henny

Till
Henny Delgado
Pelikaanallé 24
Grothenburg

Gobshejm den 17 november

Kära Henny,

tack för ditt brev. Det skall erkännas att jag kände mig lite egendomlig till mods efter att jag läst det – som om vi redan befann oss långt borta utefter en grym väg utan hopp eller återvändo – men efter två glas vin nu om kvällen har jag nerverna under kontroll, och är klar i huvudet som en hungrig nunna. Minns du att lektor Klimke på Weiverska brukade använda det uttrycket, jag har alltid undrat var han fått det ifrån. Hungrig nunna?

Min preliminära bedömning är också att jag håller med dig på alla de punkter du tar upp. Jag föredrar absolut att skrida till verket på ett anonymt hotell, framför att behöva hemsöka din våning i ett sådant här sinistert ärende. Fast jag kan inte låta bli att fundera över om det verkligen är tillfyllest att du stannar hemma med flickorna. Behöver du inte ett starkare alibi? Inte skulle det väl räcka med deras utsagor i en rättegång, de måste ju ses som jäviga – om det nu ens är tillåtet att barn vittnar för eller emot sina föräldrar inför en domstol? Åtminstone är det de slutsatser jag drar efter att ha sett en och annan rättegångsfilm på teve.

Nåja, det här är förstås bara en detalj som det går att komma till rätta med ganska enkelt; du kan ju alltid bjuda några vänner på middag, till exempel, och se till att de stannar till ganska sent. Jag är helt överens med dig om att jag bör slå till under natten, det är väl då de flesta mord äger rum, antar jag. Det allra mest tillfredsställande vore nog om han låg och sov och jag kunde förpassa honom till Skymningslandet utan att han ens hann vakna upp först. Hur är det, sover han tungt, eller vaknar han vid minsta ljud? Ja, det finns förstås en rad små frågor som du behöver upplysa mig om så småningom, men vi återkommer väl dit när vi kommit lite längre i planeringen.

Exakt hur man bör gå till väga för att ta sig in på ett hotellrum har jag också ägnat en del tankar åt. Vad tror du, kan man kanske gömma sig där under dagen och bara vänta in den rätta timmen? Eller skall jag ta ett eget rum på samma hotell – under falskt namn och förklädd kanske? (Men kräver de inte alltid någon sorts legitimering nuförtiden?)

Nåja, mer om detta senare. När det gäller tillvägagångssättet ser jag helst att jag slipper en massa onödigt våld och överdriven blodspillan. Faktum är att jag tror vi kan bestämma oss på den här punkten ganska enkelt: jag har nämligen ett vapen i min ägo. Det är en pålitlig belgisk pistol av märket Berenger, min man tog hand om den för flera år sedan då en gammal morbror till honom dog; den finns inte i något register och ingen vet om att vi har den. Att *jag* har den, menar jag förstås. Vi provade den på skoj för några år sedan, den fungerar utmärkt och jag har också ett par askar ammunition liggande. Jag tror det här utan tvekan skulle vara den säkraste metoden, det finns inga möjligheter att spåra vapnet till mig, och för alla eventualiteters skull kan jag ju alltid gräva ner det ute i skogen när allt är överstökat.

Och *när*? kära Henny. Ja, för min del är det naturligtvis egalt. Om du bara hittar rätt datum och rätt hotell i rätt stad – så är jag villig att skrida till verket när som helst. Förutsatt förstås, att vi hunnit diskutera igenom allt och är säkra på att inte ha försummat någon viktig detalj.

Och förutsatt att vi är överens när det gäller ersättningen. Jag har via advokat Pumpermann givit Clara och Henry ett vagt löfte om att jag kommer att kunna lösa ut dem från huset – men liksom jag gärna skulle vilja ha en liten summa som bekräftelse på vår överenskommelse, så vill nog de ha något slags handpenning före jul. I varje fall har jag tolkat Pumpermann så, herregud, han är verkligen en karl som måste *tolkas*, Henny! Skall vi säga 20.000, så får vi se hur vi gör med resterande arvode när vi närmar oss Dagen D?

Eller Natten D, som sagt.

Hur är vädret i Grothenburg från det ena till den andra? Här i Gobshejm har november varit osedvanligt regnig och dyster. Inte ens hundarna vill gå ut längre; en resa söderut skulle onekligen pigga upp livsandarna, men det får nog anstå, är jag rädd.

Tecknar din förbundna
Agnes

P.S. En förfärlig tanke dyker upp just som jag skall klistra igen kuvertet. Tänk om den där andra kvinnan är med honom på hotellet! Hur garderar vi oss mot sådant? D.S.

EN AV DESSA KVÄLLAR.

Stannade kvar på institutionen och rättade uppsatser till efter åtta. Av tretton inlämnade alster kommer jag att bli tvungen att underkänna tre. Samtliga pojkar. Eller män, eller vad man nu vill kalla dessa halvintellektuella valpar i 20–22-årsåldern. Jag vet förresten inte hur gammal någon av dem är. Dietmar, den svagaste av dem, kan gott och väl vara 25. Piotr ser ut som 19 på sin höjd med sin sneda lugg och sina finnar. Hursomhelst vore det bäst om vi fick dem att sluta till jul. Byta till någonting mindre krävande i januari. Pedagogik eller psykologi kanske. Eller någon sorts kvantifierbar naturvetenskap.

Det regnar när jag kör hem. Våta löv täcker vägbanan i allén mellan Münstersdorf och slottet, jag håller låg hastighet och tänker på Henny. Hon är sannerligen en märklig kvinna. Har blivit det, åtminstone; kanske var det aldrig nödvändigt med allt detta avstånd, all denna tystnad under så många år – men med tanke på det som nu ligger framför oss så var det förstås lika bra. Som om det funnits något slags översinnlig regi redan från början. Eller koreografi. Fast jag förstår att just sådana tankar har lätt att leta sig fram och begära företräde en sådan här mörk och dyster kväll.

Jag undrar om någon lade märke till henne under begravningen. Naturligtvis måste man ha noterat hennes närvaro, men fanns där någon som började – och fortsatte – att fundera över vem hon var? Jag skulle inte tro det. Vi var ändå ganska många, och de flesta var förstås obekanta med de flesta.

Pengarna kom imorse. När jag gjorde ett uttag från automaten på Kleinmarkt, såg jag att där plötsligt fanns 20.000 euro insatta på mitt konto. Jag måste erkänna att mitt hjärta hoppade över ett slag. Som om jag med ens slungades från en fiktiv värld in i en riktig. Från en film eller en dröm till en brutal verklighet.

Betyder det att tärningen är kastad? Att det inte finns någon återvändo?

Jag inbillar mig det. Jag önskar heller ingen återvändo. Vill inte dra mig ur det här, det är egendomligt men alltihop tycks fungera som ett slags sensuell stimuli för mig, och det kan sannerligen behövas denna regniga höst.

Just som jag kör in bilen i garaget dyker Tristram Singh upp i huvudet på mig, och när han väl bitit sig fast kan jag naturligtvis inte bli av med honom under resten av kvällen heller – inte under promenaden med hundarna och inte efteråt, när jag som vanligt sitter en timme i fåtöljen framför brasan. Jag tillbringar obegripligt mycket tid i denna sittmöbel – som om jag vore en åttioårig kvinna som sitter och samlar ihop sina minnen. Men jag är bara hälften så gammal, och någonting säger mig att de viktigaste händelserna i mitt liv ännu ej inträffat.

Innan jag går och lägger mig läser jag de där raderna av Barin som jag tycker så mycket om. Det kan behövas som motvikt mot all den förstoppade uppsatsprosa jag varit tvungen att ta mig igenom.

Vid genomgången av fröken Beate Wollingers liv
befanns hennes hjärta ha slagit
tjugo miljoner
åttahundratretton tusen
sexhundrasextionio slag.
Fyra av dessa åhörde optikerassistenten
Arnold Maurer en vårkväll i Gimsen 1971.

* * *

Claus-Joseph.

Jag träffar honom under ett demonstrationståg;

jag minns inte vad vi demonstrerar mot, antagligen Sydafrika. Han är ett år äldre än jag, äger en Trabant och läser filosofi i väntan på att få rycka in och göra sin militärtjänstgöring. Vi blir ett par, men jag älskar honom inte och vi ligger inte med varandra.

Ungefär samtidigt – jag talar nu om hösten 1981 – börjar Henny umgås med Ansgar. Ansgar är son till en präst som tappade tron när hans hustru rymde till Canada med en färgad jazzmusiker och lämnade honom kvar i Klubbenhügge med sitt pastorat och sin enfödde son. Numera ägnar sig Ansgars far åt schäferuppfödning på en gård utåt Bloemenberg. Ansgar är en ganska neurotisk ung man, något som utan tvekan appellerar till Hennys goda hjärta.

Inte heller Henny ligger med sin Ansgar, men inte för att hon inte vill – utan av någon sorts dunkla, religiösa skäl.

Men vi tränger ihop oss i Claus-Josephs Trabant, det gör vi, och vi hånglar en del. Sticker ner händerna innanför varandras byxlinningar, gnider runt och stönar lite. Det förekommer även att vi gör en och annan utfärd med bilen. Till Ulming eller Westdorf företrädesvis, vi föredrar de små byarna utmed Neckars ringlande övre lopp. Under dessa utfärder tittar vi på fåglar i Ansgars medförda kikare – både Ansgar och Claus-Joseph är ornitologiskt intresserade – och pratar politik. Solidaritet. Kambodja. Strandstaren. Sydafrika. Henny och jag går sista året på Weiverska. Ansgar och Claus-Joseph har studentexamen bakom sig. De anser sig veta lite mer.

Kattskit, tänker jag. När det regnar läcker det in genom sidofönstren på Trabanten. Jag kommer ofta på mig med att inte vara riktigt närvarande.

Tristram Singh kommer till vår klass i januari det sista gymnasieåret och han deltar egentligen bara på engelsklektionerna – där han besvarar de enstaka frågor, som lektor Dibble kastar ut åt honom, med en brytning som verkar hämtad från någon gammal brittisk kolonialkomedi, och som får skrattet att stockas i struparna på oss.

Men Tristram sitter med även på de andra lektionerna – oklart varför, men han har kommit hit med sina föräldrar och sina fem yngre systrar, skall stanna under ett halvt år, kanske ett helt, fadern är någon sorts konsul, och någonting skall förstås Tristram ha att ägna sig åt.

Han är spädlemmad och ödmjukt uppmärksam, och har en mjukt bronsskimrande hy som det är svårt att ta ögonen ifrån – och som med ens får Claus-Joseph och Ansgar att blekna till ledsamma böhmiska korvar i solkiga fårtarmar. Henny använder just dessa epitet en kväll efter en debatt om den rödvingade vadarsvalan och läget på den chilenska landsbygden, jag vet inte om hon härvidlag avser hela Ansgar eller bara en viss del av honom.

Den milda sorgen i Tristrams ögon tycks tusenårig, hursomhelst.

En kväll i början av februari går han med oss ut på Vlissingen, en studentkrog där vi då och då brukar dricka öl och tala om konstens väsen. Vi är en rätt stor samling just den här kvällen, någon fyller år, tror jag visst, men Tristram dricker varken öl eller vin – bara te och vatten och han sitter mellan mig och Henny. Han har en gulvit linnekostym, han doftar gott och lite främmande och är lika artig och allvarlig åt båda håll. Klockan kvart över elva ser han på sitt armbandsur och förklarar att han beklagligtvis måste bryta upp eftersom han lovat sin mor att vara hemma före tolv. Henny kastar en blick på Ansgar vid sin sida, jag kastar en blick på Claus-Joseph vid min sida, och så förklarar vi, Henny och jag, nästan med en mun, att vi tänker följa honom hem.

Det vore alltför okamratligt att låta en sorgsen ung indier vandra ensam i dimmorna genom Grothenburgs mörka gränder.

Vi behöver lite luft dessutom.

Kärleken är en kraft som är starkare än dess aktörer, säger Henny. Man kan inte råda över den.

Jag vet inte var hon läst det någonstans och hon försöker se ut som om hon formulerat det själv.

För pubertala romantiker och kåta hundar kanske, säger jag. Men om man ger sig ut och simmar i känslornas hav kan det vara svårt att hitta tillbaka till land även för en vettig människa.

Vissa människor kan bara älska pengar, säger Henny.

När Claus-Joseph och Ansgar inte är närvarande tycker vi då och då om att tala på det här viset, Henny och jag. Det händer att vi skriver det i våra uppsatser för fröken Silberstein också; ibland med lyckat resultat, ibland med mindre lyckat.

Klokt, noterar fröken Silberstein i marginalen.

Eller: *Stora ord, liten tanke*

Känsla och tanke behöver inte vara fiender, fortsätter Henny nu. De kan gå hand i hand också, man måste bara våga släppa taget lite först.

Vackra människor kan aldrig förstå kärlekens väsen, citerar jag. De är dömda att vara objekt. Och vi är båda vackra, eller hur, Henny?

Henny funderar och bläddrar förstrött i den franska grammatikboken. Vi har prov följande dag; vi sitter i mitt rum, borde egentligen studera, samtalet är en förirring.

Det stämmer inte, säger Henny till slut. Jag är till exempel övertygad om att Tristram Singh är utomordentligt skickad att fatta kärlekens väsen.

Aha? säger jag.

Just det, säger Henny.

Hans hy är som blek koppar, säger jag. Visserligen, men…

Henny sitter tyst igen och ser ut genom fönstret. Det är fortfarande februari och det har regnat tre dagar i sträck. Ögonblicken växer. Klibbar sig fast vid varandra på något vis, och tiden gör halt av pur leda.

Jag funderar allvarligt på att göra slut med Ansgar, säger Henny till sist med en liten konstgjord suck.

Jag avpolletterade Claus-Joseph igår, tillstår jag, och så brister vi båda ut i ett gapskratt.

Vi skrattar och skrattar; faller i varandras armar, och kan nästan inte hejda oss. Tårarna rinner, den franska grammatikboken trillar i golvet och vi fortsätter tills Henny får ont i magen och jag nästan kissar på mig.

Agnes, säger Henny, du är min blodssyster. Ingenting kommer att kunna skilja oss åt.

Ingenting, säger jag.

Till
Agnes R.
Villa Guarda
Gobshejm

Grothenburg den 8 december

Kära Agnes,

tack för ditt senaste brev, som både gladde och oroade mig.

Gladde mig därför att jag nu verkligen ser att du går in för vår sak med fullaste allvar (jag tycker absolut att vi kan använda din belgiska pistol, bara du är säker på att den fungerar och vet hur du skall hantera den) – oroade mig därför att din fråga i PS:et förstås måste tas under seriöst övervägande.

För det är naturligtvis på alla dessa resor hit och dit som han träffar henne. Enstaka, heta nätter på främmande hotellrum, fy fan, Agnes, mitt inre råkar i uppror när jag tänker på det! Månad efter månad, nog har de hunnit med ett hundratal knull de här åren, ja, jag har börjat förstå att det antagligen pågått längre än vad jag först trodde. Och jag leker med – och förkastar – tanken på att berätta för flickorna om deras far. En sådan billighet! Ett sådant banalt svek!

Henne hyser jag dock inget intresse för. Inte det minsta, hon må vara vilken slampa eller vilken s.k. anständig kvinna som helst; hennes motiv och bevekelsegrunder rör mig inte i ryggen. Billigheten från hennes sida är förmodligen inte mindre den, men jag lämnar henne därhän; det är han som skall dö, inte hon. Jag vill inte ens veta vem hon är.

Men hur kommer vi till rätta med problemet att hon kan finnas på plats, alltså? Tack och lov att du uppmärksammade det i tid, Agnes, på inga villkor vill jag ju att hon också skall stryka med – bortsett från alla andra komplikationer, så skulle ju ett dubbelmord på min man och hans älskarinna omedelbart kasta alla misstankar åt mitt håll. Nej, han skall sota för sina gärningar, hon får löpa – på den punkten behöver vi inte känna någon tveksamhet.

Å andra sidan skall vi inte överdriva svårigheterna. Om du lyckas döda David enligt planerna, och hon råkar bli den som upptäcker kroppen – till exempel – ja, inte skulle väl en sådan krydda skämma anrättningen? Nog måste hon ha goda skäl att fly fältet i ett sådant läge? Eller tänker jag fel, Agnes? Om du var en gift mans älskarinna och du hittade honom död i ert kärleksnäste, skulle du då genast ringa till polisen? Avslöja din identitet och sakernas tillstånd? Jag tror inte det. Nej, ju mer jag tänker på det här, desto säkrare blir jag på att vi ingenting har att frukta ifrån henne. Så länge hon inte blir åsyna vittne till själva mordet tror jag inte hennes eventuella närvaro i kulisserna spelar särskilt stor roll eller behöver ligga oss i fatet. Och – när vi kommit så långt – det borde trots allt inte vara särskilt svårt att försäkra sig om att han är ensam när du skjuter honom, Agnes. Eller hur? Det behöver ju inte nödvändigtvis ske på rummet heller. Kanske ett skott i ryggen i någon gränd i närheten av hotellet fungerar lika bra? Ner med pistolen i handväskan, och sedan en lugn promenad därifrån; man kan ju skjuta statsministrar på det viset. Ja, jag bara spekulerar, Agnes, och ibland måste jag säga att det grämer mig en liten aning att det inte är jag själv som får hålla i vapnet och ge honom vad han förtjänar.

Alltnog, fundera över de här detaljerna, Agnes, och låt mig veta hur du ser på det. I alla händelser gäller det nu att hitta en tidpunkt och en plats som passar oss bra. Jag antar att vi inte kommer att skrida till verket förrän ett stycke in på det nya året, så jag har kikat i Davids agenda och förstått att han har åtminstone fyra två-tredagarsförrättningar under januari och februari. Men jag skall kontrollera datumen noggrannare och presentera dem i mitt nästa brev. Det lackar mot jul här i Grothenburg, vi har de vanliga släktarrangemangen att ta itu med; det är inte utan att jag gläder mig åt att det är sista gången.

Jag hoppas du har fått pengarna. Hur vi gör med resterande åttiotusen vet jag inte; jag förutsätter att du litar på mig lika mycket som jag litar på dig, Agnes – det känns som om de här nitton åren förflutit i en annan fåra, ett annat rum på något vis, tycker inte du det också? Jag längtar efter att få träffa dig, men som jag sa i mitt förra brev: det måste naturligtvis anstå en tid.

Men sedan, kära Agnes, kan vi inte unna oss en vecka eller två och bara vara tillsammans, du och jag? En liten resa nästa höst, kanske? Två glada änkor i Medelhavet, håll med om att det låter lockande! Jag har inga problem när det gäller barnvakt för flickorna. Min bror (du minns väl Benjamin?) och hans familj tar gärna hand om dem; de bor i Karlsruhe och vi brukar byta kusiner med varandra emellanåt, även om hans pojkar förstås är några år yngre.

Men, som sagt, Agnes, låt oss bida över jul, för att sedan slå till in på det nya året. Njut av de lediga veckorna (eller är det rent av en månad i den akademiska världen?) och hör av dig om allt!

Tecknar Din trogna
Henny

Till
Henny Delgado
Pelikaanallé 24
Grothenburg

Gobshejm den 10 januari

Kära Henny,

förlåt att jag inte skrivit på en tid, men jag har varit bortrest. En kollega på institutionen kom med ett erbjudande jag inte kunde tacka nej till dagarna före jul. Två veckor i New York – hans syster jobbar för FN och har en lägenhet på Manhattan – jag reste på själva julafton och kom tillbaka till Gobshejm sent igår kväll, och jag har sannerligen haft en skön vistelse däröver. En egen trerummare på 74:e gatan med utsikt över ett frostbitet Central Park. Teater och film, museer och lite shopping, javisst måste vi göra en resa tillsammans, Henny, precis som du föreslår. Men det vete tusan om jag inte föredrar en storstad... Barcelona eller Rom kanske, eller varför inte New York igen? Nåja, mer om den saken i sinom tid.

Jag har funderat över de tankar och de riskbedömningar du presenterade i ditt senaste brev, och jag håller med dig i allt väsentligt. Jag tror heller inte att vi behöver planera själva dådet så mycket i förväg – i synnerhet som vi inte kan vara säkra på om den här kvinnan kommer att vara tillstädes eller inte – men jag ser inte detta som särskilt problematiskt. De avgörande besluten måste ju i alla händelser fattas på plats; det går inte att förutse exakt vilka omständigheter som kommer att råda, vi måste helt enkelt lita på mitt goda omdöme och min kyla i det avgörande ögonblicket. Och – jag försäkrar dig, Henny – jag kommer inte att darra på manschetten. Hittar jag bara rätt tillfälle kommer jag att utnyttja det. Finner jag riskerna för upptäckt för stora, ja, då avvaktar jag. Att skjuta ihjäl en annan människa tar när allt kommer omkring inte mer än någon sekund – att sätta sig i säkerhet efteråt inte särskilt mycket längre.

Så lita på mig, kära Henny, jag kommer att klara det här. Ge mig nu bara ett par datum och ett par platser att välja emellan, så lovar jag att lämna besked i mitt nästa brev om hur många dagar din make ännu har kvar att leva.

För övrigt har vi – under min bortovaro – äntligen fått lite snö här i Gobshejm, och floden ligger frusen. Hur är det i Grothenburg?

Undrar Din tillgivna
Agnes

P.S. Ånyo dyker en tanke upp när jag tror mig ha skrivit färdigt. Vet du om några andra känner till Davids otrohet? Vänner, bekanta? Det förekommer ju trots allt att folk väljer att hålla tyst om kunskaper av det här slaget – av någon sorts missriktad omtanke, tror jag, som egentligen bara är ett uttryck för feghet och bekvämlighet.

Och känner någon till att du fått reda på det? På rak arm kan jag inte bedöma om dessa frågor är väsentliga eller ej, men du kan ju alltid ta dem under övervägande. D.S.

HUNDARNA ÄR OROLIGA, i synnerhet Wagner. Kanske var det för mycket att lämna dem hos familjen Barth i två veckor, men det brukar ju fungera utan mankemang. Kanske är det också Erichs frånvaro som spelar in, ja, naturligtvis måste det vara så: en sorts ackumulerad saknad som flyter upp till ytan när även jag försvann ifrån dem för en period.

Jag kommer på mig med att känna en viss saknad för egen del också. Efter Erich, alltså. Även om vi inte hade något kärleksliv de sista åren och egentligen aldrig stod varandra särskilt nära, så har det funnits goda stunder. Sent omsider inser jag det, kanske är det bara retroaktivt som vi kan förstå oss själva. Det var aldrig elden eller språnget jag sökte när jag valde Erich, naturligtvis inte, men livet byggs ju inte heller främst av dessa element. Kräver deras närvaro på ett annat sätt, tror jag. En sorts... ja, vad skall man säga?... en sorts illusoriska följeslagare kanske? Möjligheter som avvaktar i kulisserna och som väntar på att få göra entré bara för den händelse att.

Om det skulle vara så att.

Ord. Jag är trött. Hade svårt att sova i New York. Ett utslag av jet-lag antagligen, fast det brukar ju vara värre åt andra hållet. Vaknade ofta vid tretiden på natten och kunde inte somna om på flera timmar. Försökte läsa men koncentrationen svek mig. Skrev ett par brev till Henny men rev sönder dem. Till slut satt jag mest och stirrade på usla filmer på teven, eller lyssnade på musik i min bärbara CD-spelare. Coltrane och Dexter Gordon, två av Erichs favoriter som jag tagit över. Satt där ovanför Central Parks Margritte-artade oåtkomlighet, således, och försökte föreställa mig hur allt skall komma att gå. Hur livet kommer att se ut om tre eller sex eller tolv månader. Jag kände ingen oro, det gör jag inte nu heller, bara ett slags återhållen, motvillig fascination. Jag hade inte tänkt att jag skulle behöva döda igen, men sådana är tydligen villkoren – lika definitiva som oförutsägbara, en annan sorts följeslagare i kulisserna uppenbarligen, och när de en gång kommer fram och presenterar sig har man plötsligt inte längre något val. När scenen är beträdd så är den.

Ännu återstår två veckor innan undervisningen

börjar. Det är skönt. Jag tycks ha ett omåttligt behov av vila och eftertanke denna vinter. Umgås nästan inte med några människor. Umgås med hundarna istället – med tankarna på min älskade och på framtiden.

* * *

Vi sitter vid ett bord i skolcaféet, när jag ser att Henny och Tristram Singh håller varandras händer. Det är en fredag i början av mars, solen silar in genom snedställda persienner och tigrerar en del av Hennys hår och hennes vänstra skuldra; vi är ett halvdussin, urdruckna kaffekoppar och cigarrettfimpar i askfatet. Skolböcker. En utspridd kortlek.

De håller händerna så ömsint på något vis, nästan blygt, jag tror inte de vill att någon av oss andra skall upptäcka det. Halvt under bordsskivan, liksom.

Eller kanske är det faktiskt tvärtom. Kanske vill de i själva verket att vi *skall* upptäcka det, just genom den här utstuderade anspråkslösheten?

Jag erfar ett ögonblicks yrsel och sedan ett plötsligt, starkt illamående. Kräkreflexen som skjuter upp inuti mig är så kraftig att jag bara nätt och jämnt lyckas trycka den tillbaka. Jag reser mig hastigt, min stol tippar över och faller bakåt i golvet, jag rusar ut utan ett ord.

Nere på toaletten tömmer jag ur mig allt jag ätit

under dagen, allt jag ätit under mitt liv, känns det som, och medan jag ligger på alla fyra och hulkar kommer huvudvärken blixtrande. Sylvass och vitglödgad.

Vad är det som händer? tänker jag.

Dör jag?

Det är inte döden. Det är någonting annat. Jag drömmer om dessa två händer inflätade i varandra, den ena vit, den andra milt bronsfärgad. Jag har inte talat med Henny på ett par dagar, vilket bara i sig är ovanligt; efter mitt anfall på skolcaféet har jag legat sjuk hemma i mitt rum, jag vet förresten inte om jag är sjuk, jag har bestämt mig för att hålla mig i sängen en tid, bara. När Henny äntligen ringer säger jag att jag har feber, jag ställer inga frågor om någonting och jag märker att Henny har svårt med orden.

Min mor skickar efter doktor Moessner som inte hittar något fel på mig. Diagnostiserar mig preliminärt som överansträngd och rekommenderar vila och fruktjuicer.

På fredagen, efter en vecka, är jag bättre och återvänder till Weiverska. Jag har missat ett matteprov, men det är inte hela världen. Henny och några andra klasskamrater frågar om jag vill gå med ut på kvällen. Vlissingen som vanligt, och sedan är det en rockkonsert på Embargo Club vid Kleinmarkt. Jag tackar nej, skyller på att jag varit sjuk; jag har ögonen på Tristram och Henny hela dagen, men ser inget handhållande och känner inga otillbörliga vibrationer.

Men jag bär på en sorts stumhet och en oförlöst upprördhet, som jag nästan inte kan dölja.

Vad är det med dig? säger Henny efter sista lektionen.

Ingenting, säger jag. Inbilla dig ingenting.

Inbilla? säger Henny. Vad skulle jag inbilla mig?

Gör dig inte till, säger jag.

Det är en otroligt fånig konversation, men vi genomför den pliktskyldigast. Henny betraktar sina tegelmålade naglar en stund.

Är det för det där på caféet? frågar hon.

Jag förstår inte vad du talar om, säger jag.

Det är ingenting, säger Henny.

Vad är det som är ingenting? undrar jag.

Ingenting, suckar Henny. Ingenting är någonting. Varför är du så stingslig?

Jag har varit sjuk, säger jag.

Henny ser på klockan och vi skiljs åt.

Följande vecka reser min mor på en konferens till Bodensee. Tisdag till torsdag. Jag är ensam i lägenheten. På onsdagen övertalar jag Tristram Singh att komma hem till mig på kvällen och hjälpa mig med matten. Förutom engelskan har Tristram börjat delta på allvar i matematikundervisningen; uppenbarligen har han både större fallenhet och gedignare kunskaper i detta ämne än någon av oss andra, och det behöver inte tyda på några avsikter att jag inviterar honom. Inte alls. Sedan min sjukvecka ligger jag efter, att min mor är bortrest berättar jag inte för honom förrän han sitter i soffan.

Det tar tre timmar och en ljuvlig skådespelartalang, som jag inte visste att jag ägde, att förföra honom; vi dricker ur en flaska vin som jag knycker ur min mors förråd i skafferiet; jag har aldrig tidigare förfört någon och det är första gången jag älskar överhuvudtaget.

Det är det för Tristrams del också. Han berättar det efteråt; jag märker hans oro men jag övertalar honom att sova över. Det går inte an för en ung indier att komma hem och lukta vin och kärlek, säger jag. Han ringer till sin mor, de talar en god stund på ett språk jag inte förstår. Men jag förstår att han ljuger för henne. Jag tror han säger att han är hemma hos en av pojkarna i klassen och att sista bussen har gått.

Jag älskar hans nakenhet; både hans själs nakenhet och hans kropps. Vi sover ingenting den natten, vi rör vid varandra så som man bara kan röra vid varandra den allra första gången. Och möjligen den allra sista. När bägaren och innehållet är ett. Ord och hand. Tanke, mun och kön. Ett stearinljus brinner bredvid oss i en flaska, en vecka senare skriver jag i en uppsats om eld som speglas och skuggas och vattras i mjuk bronsfärgad hud.

Akta dig, skriver fröken Silberstein i marginalen.

Under återstoden av terminen – ända fram till familjens återresa till Delhi – håller Tristram Singh inga händer. Inte mina, inte Hennys. Och inte någon annans heller. Henny och jag undviker varandra en smula, men en bit in på sommaren åker vi tillsammans på en charterresa till Kreta. En kväll hamnar vi på en bar, dricker oss glatt berusade på retsina och tsipouro och sedan älskar vi på stranden under stjärnorna med var sin grekisk yngling.

Till
Agnes R.
Villa Guarda
Gobshejm

Grothenburg den 14 januari

Kära Agnes,

så roligt att höra att du varit i New York. Jag älskar den staden, faktum är att vi bodde där ett år när flickorna var små; David hade ett kontrakt med CBS och Remingtons. Vi hyrde en lägenhet i Brooklyn Heights, och visst håller jag med dig om att vi måste unna oss en vecka i The Big Apple. Eller någon annan storstad. Nästa höst eller vinter förhoppningsvis, å, vad jag önskar att vi redan vore där. Att allt det här vore överstökat – men jag hyser inga tvivel om att det inte skall gå bra och att vi snart kan ses igen, inga som helst tvivel.

Och en god nyhet är att jag tror mig ha hittat ett datum som verkar mycket tilltalande. Det är naturligtvis du som skall ha sista ordet i den här frågan, men låt mig i varje fall föreslå helgen den 14–16 februari, då David deltar i en internationell workshop för teaterproducenter (eller någonting åt det hållet) i Amsterdam.

Skälet till att just denna helg lämpar sig så bra är att även jag befinner mig på annan ort dessa dagar. Min chef, doktor Höffner, vill uppmuntra mig och har skickat mig på ett litet översättarseminarium på SBS-institutet i München; liksom David åker jag redan fredag eftermiddag och är hemma först sent på söndag kväll. Vad kunde vara mer idealiskt, Agnes? Mellan Amsterdam och München är det gott och väl femhundra kilometer, ett säkrare alibi kan jag aldrig få.

Jag har också – utan Davids vetskap naturligtvis – tagit reda på vilket hotell han kommer att bo på, det heter Figaro och ligger ganska centralt utefter Prinsengracht. Jag vet ännu inte exakt var workshopen äger rum, men om du nappar på det här förslaget, kommer jag givetvis att ta reda på både detta och alla andra detaljer som kan vara av intresse för oss. Allt för att underlätta ditt uppdrag.

Jag skickar också med ett foto av David i det här brevet, det var ju trots allt en del år sedan du såg honom och tiden har nog satt sina spår, är jag rädd. Skägget kommer och går, jag tror det har med hans ständiga ålderskris att göra. Ibland vill han se medelålders och distingerad ut, ibland tror han att han är tjugofem igen. Ja, män är som dom är, Agnes, det är väl inget nyhet för dig heller?

Hursomhelst; om vi bestämmer oss för det här

scenariot, kära Agnes – Amsterdam medio av februari – så kommer jag att sätta in ytterligare 30.000 euro på ditt konto. Så snart jag fått ditt klartecken, alltså. Sedan har vi halva summan – 50.000 – innestående till efter mordet. Jag tror det är så man brukar göra i de här kretsarna, åtminstone har jag sett att det går till så på teve. Hälften vid kontraktets undertecknande, hälften vid leveransen – håll med om att vi håller oss med en viss professionalism i alla fall!

Angående din fråga i PS:et – eller frågorna, rättare sagt – så kan jag mycket väl föreställa mig att Davids otrohet är känd av en och annan av hans kolleger (de manliga naturligtvis), men jag tror ingen av våra s.k. närmare bekanta vet något om det. Och jag försäkrar dig att varken David eller någon annan har minsta aning om att jag fått upp ögonen för sveket. Det ingår ju i den manliga arsenalen av fåfängor att de tror vi är så lätta att föra bakom ljuset, och i det här fallet är det förstås ingen nackdel. Tvärtom, kära Agnes, David hyser inte den ringaste misstanke, du kommer att skjuta en sittande anka, eller hur det nu heter.

Så skriv till mig snart, Agnes, och låt mig veta om mitt skisserade förslag passar dig. Skulle det inte göra det, så hittar vi förstås något annat. Men om du accepterar, ja, då har vi inte mer än en månads väntan kvar, vilket känns skönt, det vill jag försäkra dig. Jag har sedan länge börjat föreställa mig att David redan är död, och du anar inte hur påfrestande det är att föra en anständig frukostkonversation med ett lik varje morgon.

Fast egentligen är allt väl, vi har gott om snö här också.

Tecknar
Din Henny

Till
Henny Delgado
Pelikaanallé 24
Grothenburg

Gobshejm den 22 januari

Kära Henny,

tack för ditt brev. Amsterdam! Så lustigt att det blir just den staden som får vara skådeplats för vårt lilla drama. Minns du att vi var där tillsammans några dagar under en påskferie? I andra ring måste det ha varit – Claus-Joseph och Ansgar också, ja, det är klart att du kommer ihåg. Det där lilla vandrarhemmet på Ferdinand Bolstraat och sanddynerna ute vid Zandvort. Claus-Joseph som var så svartsjuk att jag knappt kunde beställa kaffe av en manlig servitör ens. Those were the days, Henny!

Or rather, they were not.

Nåja, jag har varit i Amsterdam några gånger på senare år också, och är tämligen bevandrad i staden. Och tidpunkten passar mig utmärkt; det är tidigt på terminen, inga betungande rättningsuppdrag och sådant. Jag föreställer mig att jag tar bilen upp på fredagen, så att jag har tid på mig. Familjen Barth får ta hand om hundarna, jag hittar på något skäl till att jag måste vara borta över helgen. Jag kommer ju knappast att hamna i någon alibisituation, men jag tror ändå jag föredrar att inte ta in på samma hotell som din man. Något alldeles i närheten kanske, det finns ju gott om dem utefter Prinsengracht. Och du kan lita på att jag kommer att lösa mitt uppdrag på bästa och effektivast möjliga sätt, Henny, faktum är att jag nästan känner mig stimulerad av det här, visst är det lite perverst? Det förhöjer livskänslan på något egendomligt vis. Jag har också – för alla eventualiteters skull – varit ute i skogen och provskjutit mitt vapen. Det fungerade utmärkt, möjligen är det ett litet problem att skottet hörs rätt ordentligt, men herregud, en knall i en storstad? Det kan ju vara ett trasigt avgasrör eller vad som helst. Och oavsett var jag väljer den exakta platsen för mitt dåd, så kommer jag givetvis att sätta mig i säkerhet omedelbart efteråt.

Så jag ser överhuvudtaget inga risker, kära Henny. Om du bara serverar mig ytterligare detaljer om din makes resa, så lovar jag att förpassa honom till de saligas ängder om – ja, när jag tittar i almanackan på mitt skrivbord ser jag att vi faktiskt talar om en så kort tidsperiod som tre veckor.

För övrigt tycker jag att han åldrats med ett visst behag. Jag kände omedelbart igen honom på fotografiet – och är hundraprocentigt säker på att kunna identifiera honom även i skägglöst (25-

årigt, ja, tala om fåfänga!) tillstånd.

Kanske vore det också bra om jag fick ditt mobiltelefonnummer och din hotelladress i München så småningom – för visst skulle det vara en poäng om jag kunde meddela dig resultatet så fort jag slagit till, Henny? En nödvändighet rentav? Ett SMS-meddelande eller någonting; vi får väl komma överens om något slags kod, för jag tror vi behöver ha en kanal som går lite fortare än brevskrivandet. Eller hur?

Nåja, dessa detaljer är naturligtvis enkla att komma till rätta med för två kvinnor som dig och mig. Jag tycker också din ekonomiska plan förefaller tilltalande; du måste förstå hur mycket det betyder för mig att kunna bo kvar i huset, kära Henny, och jag ser verkligen fram emot att få ha dig som gäst här inom en inte alltför avlägsen framtid.

Men först en resa till hösten, som sagt.

Och allra först Amsterdam den 14–16 februari!

Tecknar Din tillgivna ”syster”
Agnes

ATT LEVA SAMMAN HAR sin tid, att skiljas har sin.

Henny möter min blick över kaffekoppen, och hennes leende badar i både allvar och gyckel.

Jag menar oss, Agnes, förtydligar hon.

Det är inte förrän vi tagit studenten på Weiverska, således – och efter sommaren med Kretaäventyret – som vi för första gången går skilda vägar, Henny och jag. Den första oktober skriver Henny in sig på romanska institutionen och börjar läsa italienska, jag har redan satt igång att plugga litteraturvetenskap. Vi har stött ihop av en händelse på Kloisterlaan och slunkit in på Kraus café.

Jag har flyttat hemifrån. Tursamt fått fatt i ett andrahandskontrakt till en enrummare på Geigers steeg, bara ett stenkast från Stefanskyrkan. Henny bor kvar hemma hos sin mor och sin bror det första universitetsåret.

Livet är inte en vandring över ett öppet fält, säger jag.

Roligt att ses, säger Henny. Men jag måste bestämt rusa.

Universitetsstudierna skjuter fart. Det är slut med Ansgar och Claus-Joseph. Jag umgås en kort period med en ung finländare vid namn Tapani; han är söt och välbyggd på alla sätt, men hans svåra melankoli, som inträder så fort han druckit ett par glas, gör att jag lämnar honom. I oktober-november har Henny en kort affär med en gift man; hon vet inte om att han är gift förrän hans fru ertappar dem in flagranti och håller på att slå ihjäl dem bägge två med en golfklubba. Efter den incidenten bestämmer sig Henny för att hålla sig på sin kant ett tag. Hon har fått ett djupt jack i huvudet alldeles ovanför vänster öra; det kommer att finnas där livet ut, men så länge hon inte blir flintskallig kommer ingen att lägga märke till det.

Jag hade änglavakt, säger hon.

Du hade tur som en tokig, säger jag.

Hade hon fått fatt i en järnklubba istället för en trä- hade jag varit död, säger Henny.

I början av november går jag in i studentteatergruppen Thaliacompagniet och får nästan omedelbart en stor roll i uppsättningen av Tjechovs *Tre systrar.* Jag spelar Masja under åtta bejublade föreställningar i december och januari. Vi är bara amatörer men får ändå goda recensioner i både Allgemejne och Volktagesblatt. Bägge recensenterna understryker också att min rollgestaltning av Masja varit kongenial. Jag fortsätter mina litteraturstudier, men umgås med allt starkare och hemliga planer på att söka in vid någon scenskola så småningom. Det är här min eld brinner, jag känner det tydligt; jag älskar när ridån går upp och man bländas av strålkastarljuset, jag älskar att beröra människor på det sätt man nästan bara kan göra i teaterns magiska rum.

Den 10 januari gifter sig min mor med sin chef, tandläkare Oldenburg. Hon säljer lägenheten på Wolmarstrasse och flyttar till honom i hans hus ute i Grafenswald. Samma kväll som flyttlasset går ringer min far från Saarbrücken och berättar att han fått cancer i testiklarna.

Båda? frågar jag.

Båda, säger min far. Hela förbannade skiten.

Han är ganska otröstlig men jag gör ändå mitt bästa för att tala honom till rätta.

Thaliacompagniet har funnits sedan 1700-talet och 1983 är det jämnt 200 år sedan den första föreställningen – Simson de Staëls *En offergåva* – ägde rum. I anledning av detta och med Tjechovsuccén i gott minne skjuter universitetets ledning till medel för att jubileet skall kunna högtidlighållas under värdiga och konstnärligt fullödiga former. Teaterledningen diskuterar att sätta upp de Staëls pjäs på nytt, men stycket anses på goda grunder förlegat. Istället fattas beslut om att bjuda in en professionell regissör för att producera en Shakespearepjäs. I början av februari har vi ett möte i gruppen och vår konstnärlige ledare Marcus Rottenbühle, till vardags docent vid filosofiska institutionen, har glädjen att meddela att han lyckats engagera David Goschmann från München och skådespelaren Robert Kauffner för att kreera *King Lear.*

David Goschmann är en karismatisk regissör som trots sina unga år gjort sig ett stort namn genom starka uppsättningar av klassiker i München. Han har också gjort ett par originalpjäser för teve, och det är sannerligen en fjäder i hatten för Rottenbühle att han lyckats få honom på kroken.

Robert Kauffner är förstås legendarisk.

King Lear, säger Rottenbühle och rådbråkar sitt stora gråsvarta skägg. Pjäsernas pjäs! Tio roller ungefär plus Kauffner. Passar oss precis.

Hur besätter vi rollerna? frågar Erwin Finckel, som spelat Tusenbach i *Tre systrar.*

Goschmann besätter dem, förklarar Rottenbühle. Han vill ha klassisk audition. Cordelia är viktigast förstås, men alla är betydande. Narren. Gloucester. Edward och Edmund.

Goneril och Regan, säger jag.

Naturligtvis, säger Rottenbühle. Stora kvinnoroller, kräver noggrann instudering.

Men jag har bestämt mig.

Jag skall spela Cordelia. Och jag tänker inte lämna någonting åt slumpen.

Till
Agnes R.
Villa Guarda
Gobshejm

Grothenburg den 30 januari

Kära Agnes,

så har vi alltså bestämt oss! Jag kan inte förneka att jag känner en upphetsning som jag har svårt att lägga lock på. Om allt går som det skall är han död om två veckor – det passar egentligen rätt så bra, eftersom flickorna har ett litet lov veckan därpå; jag menar på det här sättet behöver ju inte deras skolgång bli så lidande.

I morse när vi åt frukost fick jag plötsligt för mig att han anar något. Nej, Agnes, bli inte orolig, jag menar inte att David på något egendomligt vis fått nys om våra planer, det var någonting annat. Som om ett stråk av dödsmedvetande dragit över honom, tror jag; och är det inte så att djur (och människor också, antar jag) kan känna på sig när deras stund nalkas? Jag har för mig att jag läst om det här fenomenet för inte så länge sedan i någon tidskrift. Han satt där alldeles lugn och drack sitt morgonkaffe med tidningen stöttad mot brödrosten, precis som han alltid brukar sitta – men så lyfte han blicken och såg på mig under några sekunder med ett alldeles speciellt uttryck i ögonen. Sedan log han och sa att han älskade mig trots allt och att jag skulle vara rädd om mig.

Trots allt, sa han.

Jag frågade varför han sa så, och vad han menade med ”trots allt”, men han bara betraktade mig med samma allvarliga leende, och så välte Rea sitt juiceglas och ögonblicket gick sönder.

Men det var så starkt, Agnes, och det har hängt kvar i mig hela dagen – kanske är det ändå så att jag känner en viss sorg över att det måste gå som det måste. Tro för allt i världen inte att jag börjar ångra mig, kära Agnes, långt därifrån – men när allt kommer omkring är det ju inget nöje att behöva göra sig av med en människa som man en gång trodde skulle stå vid ens sida livet ut.

Fast sådana är villkoren förstås, och när jag tänker på hur han burit sig åt får jag genast en helt annan känsla i kroppen. Död åt det svinet, tänker jag, och så kommer den där upphetsningen smygande. Två veckor, Agnes!

Nu måste jag dock lämna allt det här känslosvallet och rikta in mig på frågor av lite mer praktisk natur. De senaste dagarna har jag börjat fundera över hur polisen egentligen kommer att resonera när de hittar Davids kropp. Nog är det så att de måste undra så smått över motivet, vad det är som ligger bakom, så att säga? Och här kanske vi måste tänka oss för en smula, Agnes. Borde vi inte få det hela att se ut som någonting det inte är? För alla eventualiteters skull. Servera polisen ett slags motiv med andra ord. Jag tror det, och den enda lösning jag hittar är att vi måste rikta in oss på rånmord. I varje fall förefaller det enklast. Om du bara ser till att befria David från hans plånbok och hans Rolexklocka när du skjutit honom, så torde saken vara biff. Polisen kommer att tro att gärningsmannen är någon vinddriven stackare som varit ute efter pengar, en knarkare kanske, och varför skulle de inte tro det? I synnerhet som de inte har anledning att misstänka någonting annat.

Är du med på det här, Agnes? Såvitt jag kan se bör det inte bli särskilt problematiskt. Vilka omständigheter som än råder när du skjuter honom (i ett rum? i en mörk gränd?), så kan det väl inte ta mer än ett par sekunder att sticka handen i hans innerficka och nappa åt sig plånboken. Och hans armbandsur är verkligen en rätt så iögonenfallande historia, det vore utan tvivel konstigt om en rånmördare lät den sitta kvar. Men det går väldigt kvickt att få av den, så oroa dig inte, Agnes... och är det förresten så att han befinner sig i sängen när du gör din insats, så har han säkert både plånboken och klockan liggande på nattygsbordet, det har han alltid.

Nåja, du kan väl fundera över de här frågorna,

Agnes, och låta mig veta hur du ser på dem. Men nu över till någonting annat – detaljerna om Davids Amsterdamvistelse! Jag gick helt enkelt in på hans mail och hittade programmet de sänt honom, det var inga svårigheter.

Hela konferensen äger rum på någonting som heter Niels Franke Institut, eller bara Frankeinstitutet; det ligger också ganska centralt, alldeles i kanten av Vondelpark, och det börjar med någon sorts välkomstintroduktion mellan 18 och 20 på fredagskvällen. Den 14:e, alltså. Antalet deltagare är 82 och direkt efteråt är det middag på institutet, så jag antar att David inte lär vara tillbaka på hotellet (Figaro, Prinsengracht 112, precis som jag skrev i förra brevet) förrän ganska sent. På lördagen håller de på mellan 10 och 18 med efterföljande middag, och på söndagen mellan 10 och 15. Naturligtvis blir det väl också så att David kommer att träffa kolleger och gå på en eller annan bar både på fredagskvällen och lördagskvällen... om det nu inte är så att han har planer på att träffa någon annan!

Och om nu inte ytterligare någon annan redan satt punkt för honom. Ja, jag vet inte riktigt hur du bäst skrider till verket, kära Agnes. Eller när. På något vis måste du väl skugga honom en smula, sitta i en bil och vänta utanför det här institutet på kvällen kanske? Jag kan ju inte hjälpa dig så värst mycket på den här punkten, utan litar på att du kommer på en plan och en metod. Kanske är det allra enklast om du håller dig gömd på hotellet, trots allt, och bara väntar in honom? Men hur enkelt – och hur pass riskabelt – är det att genomföra detta? Jag känner inte till hur stort Figaro är; ju större desto bättre, förefaller det mig – nåväl, det blir förstås din sak att utröna detta också. Jag är i varje fall rätt säker på att han kommer att checka in på sitt rum innan han tar sig till Frankeinstitutet på fredagen; han åker tåg och anländer till Amsterdam C redan klockan 15.15, nämligen, det fanns en bekräftelse från resebyrån på hans mail också. Kanske vore det en idé om du också vore där vid den tidpunkten? Kanske är det möjligt att slå till redan då?

Men alltnog och som sagt, jag skall inte lägga mig i själva utförandet. Det är ditt jobb, Agnes, och jag litar på att du löser allt till full belåtenhet. Jag har också, som vi kom överens om, satt in ytterligare 30.000 euro på ditt konto – det slår mig att det skulle kunna bli svårt för dig att förklara var dessa belopp kommer ifrån, men en sådan situation kommer vi förstås aldrig att hamna i. Det finns ingen – ingen som helst! – koppling mellan dig och David, det är ju det som är själva förutsättningen.

Jag inser också att vi inte hinner utbyta så många fler brev innan det är dags – ett från varje håll gissningsvis – och det är naturligtvis riktigt som du föreslår att vi måste ha tillgång till snabbare kanaler under den aktuella helgen. Jag har bokat rum på ett hotell i München som heter Regina, det ligger på Hildegardstrasse inte långt från Marienplatz. Mitt mobilnummer är 069-1451452, och jag har ett förslag:

När du lyckats med ditt uppdrag ringer du upp mig och talar in ett fiktivt meddelande, du kan själv välja vilket – men glöm inte att meddela den exakta ordalydelsen i nästa brev!

Om du av någon anledning fått problem, säger du istället någonting annat – och om du vill att jag ringer upp, så lägger du till någonting ytterligare. (Visst är det lite märkligt att vi ännu inte talat med varandra, Agnes, efter allt detta skrivande och planerande, det skall bli så roligt att höra din röst igen!)

Nå, säg vad du tycker? Enkelt och fyndigt, eller hur? Meddela mig dina tre koder – en för OK, allt klart!, en för Trubbel! och en för Ring upp! – i ditt nästa brev, som jag antar blir det sista (eller kanske näst sista?) innan det är dags.

Vad övrigt är, är vardag, kära Agnes. Livet går sin gilla gång; flickorna har haft en släng av influensa bägge två, men David och jag har klarat oss.

Och snön ligger kvar.

Hör av dig snart
önskar Din förbundna
Henny

P.S. Vad gör vi med breven, kära Agnes? Det har ju blivit några stycken; det bär mig emot att bränna dem, men kanske vore det ändå det klokaste? D.S.

Till
Henny Delgado
Pelikaanallé 24
Grothenburg

Gobshejm den 2 februari

Kära Henny,

tack för ditt långa brev. Ja, visst närmar vi oss Natten D (dagen? morgonen?) med stormsteg. Liksom du känner jag förstås en viss upphetsning, men samtidigt är jag innerst inne lugn. Kanske beror det på att jag inte alls är så känslomässigt engagerad i saken som du är, Henny. Jag fullgör ett uppdrag, gör en god vän en tjänst och får betalt för det. Konstigare är det egentligen inte. Vi måste komma ihåg att det mördas tusentals människor i Europa varje dag, David kommer bara att vara en liten bråkdel i statistiken.

Ändå måste vi givetvis gå till väga med yttersta omsorg, så tack för all den viktiga information du kommer med, Henny. Som jag ser det kommer jag att ha gott om alternativ att välja mellan; jag kommer att åka upp till Amsterdam redan på torsdagseftermiddagen (jag har lyckligtvis undervisningsfri fredag, familjen Barth är redan vidtalad och tar med glädje hand om hundarna; det är framförallt deras bägge döttrar i nedre tonåren som är så förtjusta i Wagner och Bartok) – så jag hinner både rekognosera en smula och vara på plats när han anländer till centralstationen. Jag har bokat rum på ett hotell nära Leidse Plein där jag bott en gång tidigare; det ligger inte mer än ett par hundra meter från Figaro, jag har tittat på en karta.

Faktum är att jag också känner till Frankeinstitutet; jag var där på en kurs en gång för tio-tolv år sedan. Man har någon anknytning till universitetet, om jag inte tar fel.

När det gäller den där rånmordsidén håller jag med dig fullständigt. Naturligtvis måste vi göra allt så begripligt som möjligt för polisen. Hur är det, vill du ha tillbaka plånboken och Rolexen, eller är det säkrast att jag gör mig av med dem? Lustigt nog hade min man också en Rolex (som den närige sonen av någon outgrundlig anledning inte gjort anspråk på!), och jag har sannerligen ingen användning för två.

Fast allra roligast har det varit att fundera över detta med koderna. Jag anser absolut att vi behöver tre stycken, precis som du föreslår, och jag tycker det var generöst av dig att överlåta åt mig att fundera ut dem. Så, varsågod, här kommer de:

1) Om David är död och allt är OK – *Goddag George, det här är faster Beatrice. Jag vill bara be-*

rätta att de svarta stockrosorna är beställda och betalade och kommer på tisdag. Du behöver inte ringa mig, det kostar bara pengar i onödan! (Naturligtvis en felringning liksom de andra.)

2) Om någonting mankerar men du ej behöver ta kontakt – *Hej älskling! Det är Maud. Jag blir lite försenad, men vi kan väl gå ut och äta när jag kommer hem. Puss, puss!*

3) Om du bör ringa upp mig – *Goddag! Detta samtal kommer från skattemyndigheten. Vill ni vara snäll och kontakta intendent Hilmer på nummer 1716 646 960. Tack!*

Ganska fiffigt, eller hur, Henny? Och så måste du förstås ha mitt mobilnummer – ja, det är bara att vända på intendent Hilmers: 069 646 6171!

Ja, kära Henny, det var väl det hela. Om elva dagar sätter jag mig i bilen och styr kosan mot Amsterdam. Vi hinner väl förhoppningsvis byta några ord brevledes innan dess, men såvitt jag kan se finns det inga fler detaljer vi behöver gå igenom. Det är min övertygelse att allt kommer att gå hur smidigt som helst, och – ett önskemål du uttryckte i ett tidigare brev – att din make kommer att vara i jorden långt före påsk.

Och – jag höll nästan på att glömma det – tack för pengarna! I själva verket behöver jag bara lite drygt 80.000 för att kunna ordna upp husfrågan, men resterande slantar kommer förstås väl till pass när vi skall ut och resa till hösten. Eller hur, Henny? Du kan inte ana hur mycket jag ser fram emot det.

Hoppas också att du klarar dig undan influensan även i fortsättningen; här i Gobshejm har den ännu inte visat sig i år, men man går förstås aldrig säker.

Tecknar
Din trogna väninna
Agnes

P.S. Breven, ja! Jag är rädd för att det måste bli som du säger. Vi får nog lov bränna dem. Men vi kan väl vänta med det till in i det sista i alla fall, jag tycker så mycket om att gå tillbaka och läsa vad du skrivit? D.S.

DEN STORA RÄDSLAN.

När jag åker hem från H-berg idag kommer den över mig. En alldeles fysisk förnimmelse av någonting stort och ohejdbart; det är så starkt att jag får andnöd, måste stanna bilen och kliva ur en stund. Stå där och röka en cigarrett trots det tunna drivande regnet och försöka lugna ner mig.

Jag befinner mig i utkanten av byn Worms, med Leuwels dalgång nedanför mig och den gamla stenkyrkan i ryggen. Dimsjok ligger över landskapet, skymningen håller på att ge efter för mörkret. Någonstans uppe utefter bergsidan sågar någon timmer med motorsåg, på kyrkogården går en man omkring med en spade över axeln.

Jag står där invid bilen och försöker förstå vad det är som drabbar mig. Jag känner mig omgiven av tecken jag inte förstår: kyrka, bil, man, spade, dimma, mörker, ljud, kyla.

Men kanske är det bara ensamheten. Ensamheten i detta projekt; jag måste ju utföra allting på egen hand. Har ingen att tala med, inte ens honom, och hur skall jag veta att jag bedömer saker och ting rätt? Hur?

Jag kommer inte att kunna tala med någon efteråt heller; aldrig få någon bekräftelse på att jag handlade rätt – och hur kan jag vara säker på att jag kan leva med detta? Att jag inte bara rämnar och allt visar sig ha varit bortkastat?

Och hur skall jag väga denna plötsliga rädsla? Denna svaghet; om det bara är något övergående gör jag ju alldeles rätt i att bekämpa den, men om det rör sig om något mer fundamentalt, hur går det då?

Ännu är inte allting för sent, ännu finns utrymme att vända om. Jag inbillar mig att det är så åtminstone, men i ärlighetens namn kan jag inte överblicka konsekvenserna om jag skulle dra mig ur just nu. Jag har så länge varit inriktad på denna enda väg. Veckor och månader.

Nätter.

Jag fimpar cigarretten. Fortfarande känns oron i kroppen, den svirrar som ett illamående eller en annalkande feber; jag ser att bykrogen är öppen och styr stegen dit. Beställer ett glas rött vin av herr Kammerer och slår mig ner i ett hörn med en tidning.

Kanske är det brevskrivandet. Inför de senaste breven har jag känt en stark vånda; inte mot att läsa hennes, men mot att författa mina egna. När jag skrev det senaste var jag berusad, det gick inte att få bukt med motviljan på annat sätt, och jag antar att jag får ta till samma medel nästa gång också. Rimligen blir det det sista, det finns knappast tid till fler.

Jag dricker ur vinet och röker ännu en cigarrett. Herr Kammerer kommer och vill fylla på mitt glas, men jag tackar nej. Det behövdes inte mer; bara den här ynka droppen alkohol i blodet för att jag skall känna mig normal igen. Kanske är det inte så farligt, alltså? Jag betalar, tackar honom och promenerar tillbaka till bilen i mörkret. Regnet har tilltagit, jag blir ordentligt blöt på bara hundra meter.

Hemkommen förbereder jag morgondagens seminarium om systrarna Brontë. Bläddrar lite i *Wuthering Heights* och funderar över detta med kärlek versus moral.

Tänker att de hör hemma i så skilda kategorier att man egentligen aldrig kan ställa dem emot varandra. Ändå gör man det hela tiden. På vilken rättvis spelplan skall en schackspelare möta en sumobrottare? Vilken egendomlig bild, jag måste le åt den.

Man kan inte para en anka med en fisk, konstaterar jag också. Ingen av oss hade rätt den där gången.

Ingen hade fel.

Kanske inte nu heller. Vi är brickor och pjäser i ett spel som måste gå mot sin givna upplösning. Om vi bestämmer oss för att spela färdigt, vill säga, och det är säkert här – ingen annanstans – som vårt val ligger. Spela eller inte spela.

Jag går bara en kort promenad med hundarna den här kvällen på grund av regnet. Dricker två glas vin och ligger i sängen redan klockan elva. Ber om en drömlös natt.

* * *

Och vad är det som är så märkvärdigt med King Lear?

Vi sitter i bastun efter simningen. Henny lyfter upp sina bröst, betraktar dem och väger dem i händerna.

Mitt vänstra är större än det högra, är det inte så?

Vill du ha svar på King Learfrågan eller bröstfrågan först?

Hon tänker efter och släpper brösten.

Förlåt. Vad är det med den där pjäsen, alltså? Jag har aldrig sett den.

Man behöver inte se den, säger jag. Det räcker med att läsa den.

Jag har inte läst den heller. Tycker du jag är ignorant?

Inte mer än vanligt, säger jag vänligt. Ös på mer

vatten är du snäll, det är väl inte meningen att vi skall sitta här och frysa? Det handlar om en gammal man och hans tre döttrar.

Så mycket känner jag faktiskt till.

Två av döttrarna är maktlystna och egoistiska, den tredje är god.

Cordelia?

Ja. Gamle Lear delar sitt rike mellan sina döttrar, men han är fåfäng och vill ge mest åt den som säger sig älska honom mest. Cordelia älskar sin far men talar lågmält och får ingenting, den stackars kungen lägger sitt liv i de bägge andra döttrarnas händer. Han förskjuter den goda dottern och det är början till hans fall... slutscenen mellan den galne kungen och hans döda Cordelia är det starkaste som går att sätta upp på en scen.

Död?

Ja.

Och det är henne du vill spela? Den goda döda dottern?

Jag nickar. Påpekar att hon är död bara i slutet.

Det betyder rätt mycket för dig?

Jag blänger irriterat på henne. Hon sitter och fingrar på sina bröst igen.

Naturligtvis betyder det mycket! säger jag. Varför skulle jag gå in för någonting som inte betyder något? Om jag får spela Cordelia mot Kauffner och det går bra, ja, då har jag ingen anledning att inte fortsätta. Att ge det en rejäl chans.

Skådespelarbanan?

Nej, rörmokarbanan.

Hm. Men det är inte bara du som vill ha rollen?

Jag suckar och funderar. Nej, naturligtvis inte. Det lustiga är att vi spelar tre systrar igen. Först Tjechov och nu Shakespeare. Både Renate och Ursula, som spelade Olga och Irina, vill förstås spela Cordelia, annars vore dom inte kloka. Och det lär finnas ett par andra konkurrenter också. Thaliacompagniet har fått nya medlemmar av någon anledning.

Jag förstår, konstaterar Henny efter en stunds tystnad. Goschmann och Kauffner är inte vilka namn som helst?

Inte direkt, säger jag.

Och hur går själva... vad heter det... urvalsproceduren till?

Audition, förklarar jag. Vi har fått två scener att träna in. En alldeles i början, en mot slutet. Om två veckor kommer Goschmann att sitta en hel dag och bedöma oss.

Vi lämnar bastun och ställer oss under duscharna. Jag märker att Henny är tankfull och har börjat fatta galoppen. Hon kisar med ögonen och suger på den där hårtesten som hon gjort ända sedan hon var elva-tolv. Jag tänker att jag känner henne bättre än hon gör själv.

Kan jag hjälpa dig på något vis? frågar hon när vi kommit ut till omklädningsskåpen.

Ja tack, säger jag. Jag behöver någon att läsa och spela mot.

Mig? säger Henny med ett plötsligt infantilt skratt.

Dig, säger jag. Vi börjar ikväll. Vi har fjorton dagar på oss.

Nu vår fröjd, fast yngst och minst, mullrar Henny, *du, till vars unga kärlek fransyska vinet och burgundska mjölken vill bli släkt; vad säger du, att få dig den tredje, bästa systerlotten? Tala!*

Intet, min kung, säger jag.

Bra, säger Henny.

Du ska inte kommentera mina repliker, säger jag. Du ska spela mot mig.

Javisst ja, säger Henny. Vi tar om... *vad säger du, att få dig den tredje, bästa systerlotten? Tala!*

Intet, min kung, upprepar jag.

Intet?

Intet.

Henny fnyser. *Av intet blir intet, ge ett annat svar!*

Olycklig är jag, säger jag och slår ner ögonen, *jag som ej kan lyfta mitt hjärta till min mun! Jag älskar er så som det är min plikt, ej mer, ej mindre.*

Det där är bra, säger Henny. Som ej kan lyfta mitt hjärta till min mun! Urbra!

Det är klart att det är bra, säger jag irriterat. Det är King Lear. Det är Shakespeare.

Jag förstår, säger Henny. Förlåt. Vi tar om det nu, jag ska inte avbryta.

Från början, säger jag.

Vi går och simmar tre gånger i veckan, och efter varje simning övar vi. Inalles sex gånger under dessa fjorton dagar. Akt 1, scen 1 och akt 4, scen 7. I den senare scenen spelar Henny såväl Kent som läkaren som Lear, och redan efter andra eller tredje försöket kan vi våra repliker utantill. Jag förstår att Henny måste ha tränat hemma också.

Efterhand börjar hon ge mig råd.

Mjukare, säger hon. Jag tror du skall försöka vara så tonlös som möjligt.

Tonlös? undrar jag.

Såhär, säger Henny. *Allgoda gudar, bota honom från den djupa rämnan i hans kränkta själ! Stäm de förstämda strängarna till samklang i denna far, förbytt av sina barn!*

Hon kan även detta utantill.

Hon ber fast hon egentligen inte vågar tro på något resultat, förklarar Henny. Jag tror det är det som är meningen. Du skall vara så lågmäld du någonsin kan. Fast du måste höras förstås.

Jag funderar och provar.

Bra, säger Henny. Mycket bättre, jag visste inte att det var så spännande med teater.

Vi tar om och tar om. När vi anser att orden och tonfallen är de riktiga, tränar vi mimik och kroppshållning. Henny är entusiastisk och kommer ständigt med idéer. Dagen innan det är dags för audition håller vi på till efter midnatt. Jag prövar också en dräkt som jag tänker bära – en enkel vit bomullsklänning bara, men den är lång och jag kan vara barfota under den utan att det syns. Jag har i och för sig ingen aning vad Goschmann tycker om det, men jag vill känna tiljorna under mina nakna fötter när jag står på scenen. Om rollen tillåter det, förstås. Det ger en sorts kraft som känns ända upp i stämbanden.

Vi måste nog sluta nu, säger jag till sist. Jag skall upp först av alla imorgon. Klockan elva. Och jag måste tvätta håret också.

Kom ihåg att bära det utsläppt, säger Henny.

Du är säker på det?

Absolut, säger Henny. Du är vackrast så. Skönhet och godhet skall gå hand i hand om det är möjligt.

Det låter som något vi brukade skriva i våra uppsatser för fröken Silberstein. Vi kramas och tar avsked.

Lycka till, säger Henny. Förlita dig på att göra ditt bästa och var ödmjuk. Jag håller tummarna för dig.

Gör det, säger jag. Du skall ha stort tack för din hjälp, Henny.

Till
Agnes R.
Villa Guarda
Gobshejm

Grothenburg den 10 februari

Kära Agnes,

tack för ditt brev, det var så roligt att läsa det. Tyvärr blir det väl inte så många fler nu, och – vilket verkligen smärtar mig – tyvärr är det väl också så att det är dags att bränna hela den här korrespondensen. Jag har läst om alla dina brev – det är nio stycken faktiskt – nu på kvällen; David är på något möte och flickorna sover. Men jag väntar ändå in en rad till ifrån dig innan jag lägger allt på elden; jag föreställer mig att du hör av dig kort innan du reser upp till Amsterdam – ja, kan du inte vara snäll och posta en liten hälsning senast på torsdag, så hinner jag läsa den innan jag far till München? Jag åker vid tretiden på fredagen.

Jag har också fått mitt program för översättardagarna (som de kallas); det kom onekligen lite sent, men det spelar kanske inte så stor roll. Jag kommer i alla händelser att vara upptagen hela lördagen och söndagen (jag tänker nu på mitt alibi, som du säkert förstår); dock finns ingenting inlagt på fredagskvällen, så jag får väl se till att de lägger märke till mig i receptionen på hotellet ett par gånger. Eller om de har någon restaurang där jag kan spendera några timmar?

Om det nu är så att du slår till redan den första kvällen, alltså.

Ja, skriv mig ännu en rad, kära Agnes, är du snäll. Jag har egentligen ingenting mer på hjärtat just nu, det är måndag och nästa vecka vid den här tiden är det över. Det känns både märkligt och befriande; när jag gick förbi Kemperlings butik idag, du vet den som ligger nere på Grote torg bredvid Kraus, fick jag syn på en svart klänning i fönstret. Om de har den kvar, går jag nog in och köper den i nästa vecka; jag var faktiskt på väg att göra det redan idag, men lyckades hejda mig. Det kanske skulle väcka ett visst uppseende om änkan köpte sorgeskruden medan mannen fortfarande var i livet. Eller hur, Agnes?

Alltnog, måtte nu gudarna stå oss bi och jag litar på att du har nerverna under kontroll. Jag har dina fyndiga koder väl bevarade i minnet och ser fram emot a) ett kort brev från dig på torsdag eller fredag, b) ett telefonsamtal någon gång i helgen.

För övrigt har vi regnigt och dimmigt här i Grothenburg, men influensan verkar ha dragit över för den här gången. Nu hör jag Davids steg i trappan, slutar i all hast.

Din Henny

P.S. (Tisdag morgon) Snälla Agnes, tveka inte att ringa omedelbart, även om det är mitt i natten! Jag känner att jag måste få besked så fort det har skett. D.S.

P.P.S. Och glöm för allt i världen inte att bränna breven du också, Agnes! Det vore ju förfärligt om någon råkade upptäcka dem! D.S.

Till
Henny Delgado
Pelikaanallé 24
Grothenburg

Gobshejm den 12 februari

Kära Henny,

det är sent onsdag kväll. Imorgon har jag två föreläsningar och efter dessa sätter jag mig i bilen och kör direkt upp till A. Om det inte är för mycket trafik på vägarna borde jag vara framme vid niotiden.

Därefter en natts god sömn på mitt hotell, och sedan är jag redo att möta din man på centralstationen klockan kvart över tre.

Och sedan får vi se.

Jag har packat in mitt vapen och ammunitionen i resväskan. Satt och vägde pistolen en god stund i handen innan jag skildes från den. Det känns märkligt att denna lilla metalltingest skall sätta punkt för ett liv, bara med hjälp av en lätt tryckning från mitt pekfinger. All denna planering och denna möda utmynnar alltså i en enkel fingerrörelse, jag kunde inte låta bli att fundera över det och om det säger något om våra liv. Jag menar allas våra liv; deras inneboende bräcklighet – och är det inte så att efter en viss tidpunkt snävas de in istället för att vidgas? Liven. Jag tror det. Men *när*, Henny? Från och med när blir vår livsväg plötsligt smalare istället för bredare? När börjar vi – målmedvetet eller undermedvetet eller bägge delarna – gå i en snävare riktning? För visst är det så, kära Henny, att även om jag känner att nya möjligheter kommer att öppnas för oss efter det här (återförening, samtal, resor...), så tycks det samtidigt som om allt blir trängre och trängre.

Eller kanske har jag fel. Jag har druckit vin igen. Kanske är mina tankar bara uttryck för tillfälliga stämningar och för regnet som oupphörligt piskar mot fönsterrutorna. I alla händelser lovar jag dig att hålla mig borta från både vin och sprit i A. Åtminstone tills jag fullgjort mitt uppdrag.

Men jag hyser ingen oro; snarare är jag glad över att det äntligen är dags, jag är nog ingen människa som är särskilt duktig på att vänta. Vad tror du, stämmer det med din uppfattning om mig från förr i tiden?

För övrigt har inte heller jag så mycket på hjärtat, men du bad om några rader. Jag har läst alla dina brev på nytt nu ikväll och för tio minuter sedan såg jag dem förvandlas till sot och aska i eldstaden. Går nu till sängs full av förtröstan; jag ringer som sagt ifrån A och så ses vi kanske på Davids begravning.

Eller tror du det är för riskabelt att jag bevistar den, kära Henny? Du var ju ändå på Erichs.

Hursomhelst vill jag önska dig en trevlig och givande vistelse i München! Jag hoppas sannerligen vädret både där och i Amsterdam är bättre än här, det vore inte dumt med lite vår i luften snart.

Tecknar
Din Agnes

DAVID GOSCHMANN ÄR en mörk person, men hans ögon är så blå att det spiller över.

Av kvinnorollerna prövar vi bara för Cordelia, säger han. Jag tar kontakt med den aktuella imorgon förmiddag. Senast klockan tolv.

Jag nickar.

Kom ihåg att du, liksom de andra, är utsatt för ett enormt godtycke.

Hur många är de andra? frågar jag.

Fyra stycken. De som sedan är intresserade av Goneril och Regan kommer hit imorgon kväll.

Jag förstår, säger jag.

Eventuellt kan vi också låta narren spelas av en kvinna. Du är medveten om att Cordelia är frånvarande under större delen av pjäsen?

Javisst.

Du gjorde alltså Masja i Tre systrar?

Jag erkänner att jag kreerat Masja.

Tyckte du om henne?

Jag tillstår att jag tyckte mycket om henne. Både henne och rollen.

Jag har gjort en del Tjechov, säger David Goschmann. Skulle vilja göra mera, men det finns ju inte så mycket och en del måste man spara till ålderdomen.

Han ler och det blå lyser i honom. Han kan inte vara mer än tjugoåtta-trettio.

Vem spelar jag emot? frågar jag och ser mig om. Det är bara Goschmann och jag i lokalen.

Rotten...? Vad heter han?

Rottenbühle?

Rottenbühle, ja. Hade du föredragit någon annan?

Nejdå. Bara jag slipper honom om det blir allvar.

Han skrattar och lovar att det kommer att bli andra skådespelare så småningom.

Vill du ligga en stund och koncentrera dig först? Rottenbühle är visst lite sen.

Tack, gärna.

Du har ett bra utseende.

Tack.

Tänker du gå vidare sedan?

Med teater?

Ja.

Jag rycker på axlarna. Ångrar mig, men det går inte att radera ut en axelryckning.

Kanske, säger jag. Ja, det är inte omöjligt.

Jag skall ge dig ett par namn, säger Goschmann. Bra skolor. Om du är intresserad, alltså?

Tack gärna, upprepar jag. Det är jag verkligen.

Dörren går upp och Rottenbühle kommer in. Han är uppenbart förkyld och inleder genom att nysa tre gånger.

Förlåt. Jag blev lite sen.

Föralldel, säger Goschmann leende. Jag vet inte om Cordelia vill ha en koncentrationsstund först, eller om vi kan börja med en gång?

För min del kan vi börja med en gång, säger jag.

Jag förstår vad det är David Goschmann har.

Närvaro. När han stiger in i ett rum öppnas ett kraftfält. Energin ökar alldeles påtagligt; jag känner mig både uppmärksammad och intelligent. Och betydelsefull; jag har aldrig varit med om detta tidigare men jag fattar genast vad det är frågan om.

Han sitter ett gott stycke ut i salongen. Sjunde eller åttonde raden. Jag spelar visserligen mot den förkylde Rottenbühle, men det går inte att undvika att samtidigt spela mot Goschmann. Det är fråga om samma diagonal som vanligt, förstås, men också någonting nytt och oprövat. Det känns egendomligt, jag kan inte avgöra om det är av ondo eller av godo. Om det stärker eller försvagar mitt uttryck.

Vi håller på knappt en halvtimme. Tar båda scenerna två gånger; Goschmann har inga kommentarer överhuvudtaget, men jag vet att han registrerar varje millimeter av min kropp och varje andetag jag tar. När jag kommer ut från Keller Teater, där vi hållit till – och alltid håller till – känner jag mig utmattad och nästan yr, som efter en stor fysisk ansträngning.

Som om jag älskat i två timmar, till exempel, något som jag ännu aldrig gjort under mitt 21-åriga liv.

Jag sätter mig vid ett bord på Café Adler alldeles om hörnet och beställer en biffstek och en öl. Tänker att jag för första gången träffat en karl som på allvar intresserar mig.

Som verkligen – motsvarar mig.

Senare på kvällen – det är blåsig februarilördag utan några som helst bud om vår i luften – inträffar en händelse som jag inte gärna kan tolka som annat än ett gott tecken.

Min lilla enrummare, där jag nu bott i drygt ett halvår, ligger högst upp i en gammal fastighet på Geigers steeg. Femte våningen utan hiss; det är inte mer än ett krypin, men snedtaket och oregelbundenheterna har utan tvivel sin charm och jag behöver förstås inte mer utrymme i det här skedet av mitt liv.

På samma våningsplan som jag bor också ett äldre par, herr och fru Linkoweis. De är båda i sjuttiofemårsåldern och lite skröpliga; han mer än hon – fru Linkoweis tar sig oftast ner och upp för trapporna en gång om dagen åtminstone, går till torget och väljer ut dagens förnödenheter och får dem sedan hemskickade med bud. Ibland handlar jag åt dem, men det är undantagsvis, de föredrar att klara sig på egen hand. Herr Linkoweis, som lystrar till det ovanliga förnamnet Sigisbard, kommer ut på sin höjd var tredje eller var fjärde dag. Vid dåligt väder ser han ingen anledning att sticka ut näsan, och vid gott nöjer han sig oftast med att vistas på den lilla balkongen, som vetter inåt gården och som jag kan se från mitt diminutiva fönster i mitt diminutiva kök.

När jag kommer hem den här lördagen (efter biffsteken på Adler's, således, och ett par ganska ineffektiva studietimmar på biblioteket), stöter jag på fru Linkoweis tillsammans med portvakten, herr Bloeme, utanför min dörr. Fru Linkoweis ser svimfärdig ut, hon är vit i ansiktet och tuggar fradga utan att det kommer ett ljud över hennes läppar. Dörren till parets lägenhet står öppen; herr Bloeme förklarar läget.

Herr Linkoweis har blivit galen, konstaterar han och andas tungt.

Herr Bloeme röker 50 cigarretter om dagen och besöker endast undantagsvis något av de övre planen i huset.

Det menar ni inte, säger jag.

Gör jag visst, väser Bloeme. Han står därute på balkongen och tänker hoppa.

Med ett nikotingult, darrande pekfinger hötter han in mot Linkoweis lägenhet. Fru Linkoweis upphör med sitt fradgatuggande, greppar tag i min arm och börjar kvida.

Snälla, bönfaller hon. Snälla.

Jag skakar klentroget på huvudet.

Han har klättrat ut på utsidan av räcket, förklarar Bloeme. Han står där och håller i sig med en hand. Om vi närmar oss eller ringer efter hjälp släpper han taget!

Hur vet ni det? undrar jag.

Han säger så.

Hur länge har han stått där?

Tio minuter kanske, säger Bloeme. Jag kom just upp. Simone hämtade mig.

Jag har inte känt till att fru Linkoweis heter Simone i förnamn. Men hon nickar bekräftande medan hon gräver in naglarna i min överarm. Sigisbard och Simone? tänker jag.

Snälla, upprepar hon.

Vad tänker ni göra? frågar jag.

Bloeme trampar omkring en stund och trevar i bröstfickan efter cigarretter. Han har en fimp bakom örat men det tycks han inte vara medveten om.

Jag vet inte, säger han. Vad fan ska vi göra? Att det här skulle behöva hända just idag.

Simone Linkoweis börjar gråta högljutt. Jag funderar hastigt på vad herr Bloeme menat med ”just idag”. Kanske har han födelsedag eller någonting.

Tror ni han menar allvar? frågar jag. Det är ju möjligt att…

Han menar allvar, avgör Bloeme. Inget tvivel om saken. Han är ju sjuttiofem för tusan!

Jag förstår inte vad åldern har med det allvarliga att göra, men bryr mig inte om att utreda det.

Skall jag gå in till honom? föreslår jag istället. Vill ni...?

Simone Linkoweis stirrar på mig från nära håll med ett uttryck som balanserar mellan vanmakt och desperat bön. Jag lossar varligt hennes grepp runt min arm.

Stanna här, säger jag. Jag går in och ser efter.

Gå inte för nära bara, säger Bloeme. Då hoppar han!

Jag nickar och går försiktigt in genom dörren. Kommer in i hallen, men härifrån kan man inte se balkongen. Jag fortsätter till höger in i vardagsrummet, som är så fullbelamrat med möbler och prydnadssaker att man nästan inte kan röra sig i det, och genom den öppna balkongdörren ser jag honom.

Han står verkligen just så som Bloeme beskrivit. Det svarta gallerräcket är inte mer än sjuttio-åttio centimeter högt och jag förstår att det inte inneburit någon svårighet – inte ens för en person med Sigisbard Linkoweis bristande smidighet – att kliva över det. Han står där, snett vänd ifrån mig, med all koncentration riktad utåt gården och nedåt. Jag vet att det måste vara en fallhöjd på åtminstone tolv meter och gården är belagd med ojämna kullerstenar. Utan tvivel kommer han att slå ihjäl sig om han släpper taget.

Och han håller sig fast med bara en hand i den tvärgående slån. Lutar sig en smula utåt också.

Jag blir stående mitt i rummet, villrådig. Han har ännu inte noterat min närvaro, men avståndet mellan oss är fem-sex meter. Jag försöker hastigt bedöma situationen. Utan tvivel kunde det vara ödesdigert med ett hastigt utfall – i synnerhet som det står en gungstol och ett bord i attacklinjen.

Jag betraktar honom. Han är klädd i grå byxor och en tunn brunaktig kofta. Om han verkligen stått därute i tio minuter måste det – om inte annat – betyda att han fryser. Temperaturen ligger inte många grader över noll.

Ni svekfulla! ropar han plötsligt med stark röst, och jag inser att han vänder sig till någon eller några åhörare därute. Jag tar ett försiktigt steg åt sidan och får mycket riktigt syn på en kvinna på en annan balkong tvärs över gården. Jag vet inte vad hon heter, men jag har stött ihop med henne några gånger och känner igen henne. Hon innehar en tax som brukar ha en grön olle på sig.

Om ni ringer till polisen hoppar jag med en gång! hotar Sigisbard Linkoweis. Och då kommer ni alla att förintas! Jag står i förbindelse med världsalltets furste!

Jag förstår att portvakt Bloeme gjort en någotsånär riktig bedömning av hans själstillstånd. Jag tar ett steg närmare. Kommer upp i höjd med gungstolen.

Jag är så jävla utled på er allihop! vrålar Linkoweis. Så jävla utled! Snart skall jag hoppa och då kommer ni att dö som flugor!

Jag tvekar. Ingenting händer på gott och väl en halv minut. Herr Linkoweis hand som kramar om räcket ser krampaktigt vit och blodlös ut. Jag bestämmer mig för att försöka komma åtminstone lite närmare.

Jag är förtvivlad! Jag orkar inte vara förtvivlad längre!

Jag rundar bordet. Det är bara tre meter kvar nu, men så råkar jag stöta till en piedestal med en urna på. Jag får fatt i urnan men piedestalen far i golvet med ett brak.

Vadfalls?

Han vrider på huvudet och upptäcker mig.

Nej, kanske upptäcker han mig inte, för han är utan glasögon. Jag vet att han har ganska dålig syn, det är en av de saker fru Linkoweis påtalar med jämna mellanrum.

Sigisbard ser så illa, brukar hon säga. Han kan snart inte läsa längre, en dag kommer han att vara blind.

Men han är medveten om att någon står inne i rummet. Vem är det? ryter han, hans röst är verkligen förvånansvärt kraftfull. Kom inte närmare, då släpper jag taget!

Det finns ett stråk av rädsla i honom, jag kan inte undgå att höra det. Jag står som fastnaglad och vet inte vad jag skall göra. Bakom mig anar jag att fru Linkoweis och herr Bloeme är på väg in. Jag fuktar läpparna och tar sats.

Det är bara jag, Sigisbard, säger jag. Kom till mig så ska jag trösta dig.

Först reagerar han inte. Står lika fastlåst som jag, fortfarande med bara en hand kramande om räcket. Jag hör det avlägsna sorlet av röster därutifrån; kanske står det människor på alla balkonger, kanske har man samlats nere på gårdsplanen också.

Det går några sekunder.

Kom närmare så får jag se på dig, säger han.

Jag tar tre steg till och stannar i dörröppningen. Jag skulle nästan kunna sträcka ut handen och grabba tag i honom nu men jag vågar inte.

Stopp! säger han. Inte längre. Jag hoppar!

Jag svarar inte.

Vem är du? upprepar han.

Det är jag, säger jag. Kom till mig.

Han tvekar ytterligare ett par ögonblick. Får gradvis en alldeles ny hållning. Vekare, mottagligare. Kanske har han aldrig hört någon säga just dessa ord till honom under hela hans livsväg. Kanske har han längtat efter dem. Han drar en djup suck, kliver tillbaka in över räcket och jag sluter honom i min famn.

Han är iskall och faller omedelbart i en hackande gråt.

Nej, det är svårt att se det som någonting annat än ett tecken.

Till
David Goschmann
Hotel Figaro
Prinsengracht 112
Amsterdam

Grothenburg den 12 februari

Älskade David,

jag vet att det inte är brukligt att en hustru skickar brev till sin make på det här viset (i synnerhet inte i våra dagar och när de inte är ifrån varandra mer än några dagar), men jag kan helt enkelt inte låta bli. Ibland får man en tanke eller en idé, och det finns inget annat sätt att bli av med den på, än att förverkliga den.

Jag älskar dig, David. Det är egentligen bara detta jag vill att du skall veta – denna den banalaste av alla banala fraser, och likväl den innerligaste och tyngsta tanken vi kan hysa.

Det har kommit för mig att vi på den senaste tiden inte förmått visa den kärlek för varandra som vi en gång lovade. Det är inte ditt fel, inte mitt. Varken du eller jag har någon skuld i det. Låt oss i varje fall inte förebrå oss någonting – men är det inte så att vardagen och rutinernas tyranni har ätit sig in i våra liv, David? Jag tror det är på det viset, och jag inbillar mig inte för en sekund att det också skulle kunna vara någonting annat.

Men jag vet att det är viktigt att bryta cirklar innan de blir onda, det här har vi ju talat om många gånger. Det är så lätt att ta varandra för givna, David, låt oss inte göra det längre.

Låt oss inse att det är en nåd att vi får leva med varandra och se våra flickor växa upp tillsammans. Låt oss än en gång ge kärleken den plats i våra liv som rätteligen tillkommer den.

Låt oss älska varandra tills döden skiljer oss åt, David, just så som vi en gång kom överens om.

Ja, det var bara detta enkla – och svåra – jag ville säga dig med detta brev, min älskade make. Jag önskar dig en skön vistelse i Amsterdam, och jag längtar efter att få träffa dig igen när du kommer hem.

Din för evigt
Henny

OM NATTEN VERKLIGEN blev drömlös vet jag inte. Jag kan i varje fall inte erinra mig något när jag vaknar klockan halv sju och det känns som om jag inte sovit överhuvudtaget.

Går ut med hundarna; en lång promenad utmed floden bort till Mannerings bro. Över den och upp genom skogen ända fram till horsten vid Gandwitz. Det är ljumt i luften häruppe; nästan ingen vind men dimmorna har lättat. Jag vilar en stund, sitter på en omkullfallen trädstam och ser ut över landskapet; hundarna har sprungit lösa, nu ligger de och flåsar vid mina fötter.

Mitt landskap. Jag kan förstås inte äga det, men jag känner så tydligt att ingenting kommer att få mig att lämna denna trakt. Här hör jag hemma, jag kan gå över lik för att få stanna kvar, just dessa ord dyker upp utan att jag behöver ackompanjera dem med en tanke.

På tillbakavägen bryter solen igenom och jag är ordentligt svettig när jag ställer mig i duschen. Frukost och packning sedan. Jag lindar in pistolen i en raggsocka, stoppar ammunitionen i den andra. Placerar det noggrant längst nere på bottnen av resväskan; jag vet inte varför egentligen, men kanske är det naturligt när allt kommer omkring. Kanske skulle även en professionell mördare packa på det här sättet.

Klockan tio är jag klar, släpper in hundarna i bilen och kör över till Barths. Vi byter bara några ord, men vänliga. De önskar mig en skön vistelse i Berlin; herr Barth har bott där i fem år men han saknar det inte, verkligen inte. De är lediga bägge två av någon anledning, men döttrarna är i skolan, förstås.

Jag är tillbaka på söndag kväll, lovar jag. Jag ringer när jag vet hur dags.

Vi kan ha dem till på måndag, försäkrar fru Barth. Det är inget problem.

Eller ta över dem helt och hållet, skämtar herr Barth. Flickorna skulle kanske börja älska oss då.

Nja, tillstår jag. Jag har ett visst behov av dem, jag också.

Du borde ha en karl istället, säger herr Barth och hans hustru slår uppgivet ut med händerna.

Vad i hela friden ska hon med en karl till?

Jag brukar försöka lyfta fram stackars Anne när jag talar om systrarna Brontë, och jag gör det den här gången också.

Betonar att hon bara blev 29 år – och att både *Agnes Grey* och *The Tenant of Wildfell Hall* visserligen har sina brister i jämförelse med *Wuthering Heights* och *Jane Eyre*, men vilka romaner har inte det?

Samt att hennes bägge äldre systrar säkert såg till att hålla henne kort på både det ena och andra viset.

Går de att få tag i? undrar någon, och även den här terminen lånar jag ut mina exemplar av Anne Brontës båda böcker.

Men jag känner att jag har svårt att koncentrera mig på detta – som egentligen ligger mig så varmt om hjärtat – och jag avbryter seminariet tjugo minuter i förtid. Skyller på att jag har en tid i Berlin att passa, och ingen av studenterna har förstås någonting emot att få sluta lite tidigare.

Jag lämnar min portfölj i arbetsrummet. I den mån jag behöver förbereda måndagens lektioner kan jag åka in ett par timmar tidigare på morgonen.

Klockan är inte mer än halv tre när jag kör ut från parkeringen och lämnar universitetsområdet. Efter bara fem minuters körning drabbas jag av en tvångstanke. Jag stannar på en parkeringsplats strax före infarten till motorvägen för att kontrollera att resväskan ligger kvar i bagageutrymmet.

Det gör den.

Jag skulle också vilja kontrollera att vapnet och

ammunitionen verkligen finns på plats, men det låter sig inte göras. Inte på en parkeringsplats i fullt dagsljus.

Lugn, Agnes, tänker jag när jag åter sitter bakom ratten. Du måste behålla ditt lugn i det här.

Men jag märker att min puls och min andning är snabbare än normalt. Jag vill dock intala mig att det inte har med nervositet att göra. Att det snarare är den där förhöjda livskänslan, som jag beskrev för Henny, som söker sitt utlopp.

Det blir vissa svårigheter med att hitta till hotellet, trots att jag stannar och kontrollerar på en stadskarta innan jag kör in i centrum. Ett par enkelriktningar gör att jag kommer bort mig, det är mitt i kvällsrusningen också och ett hällande regn, men till slut hamnar jag på rätt gata. Jag stannar utanför den måttligt iögonenfallande entrén, går in och får anvisningar av receptionisten om hur jag skall ta mig ner i garaget.

Checkar in, betalar kontant i förskott utan att behöva legitimera mig, och låser in mig på mitt rum. Packar ur väskan, skjuter in mitt vapen mellan extrafiltarna i garderoben och tappar upp ett bad.

Ligger en halvtimme i skummet som doftar lime och nyslaget gräs och slappnar av. Dricker ur den lilla rödvinsflaskan från minibaren och röker en cigarrett. Det känns inte fullt så depraverat som det borde göra; jag tänker att det ligger rätt så mycket i linje med den här resans förtecken. På nytt jämför jag mig med yrkesmördaren. Kanske skulle han (hon?) också välja att ligga och förbereda sig på just det här sättet. Varför inte?

Jag äter middag i hotellmatsalen och sedan går jag ut. Regnet har upphört men det blåser en narig vind. Jag bekantar mig med kvarteren och med den närmaste vägen bort till brottsplatsen. Det rör sig om en sträcka på inte mer än tre-fyrahundra meter. En promenad utmed föga upplysta gator, mörka parkerade bilar, ett par dåligt besökta barer. Jag passerar långsamt förbi hotellet; det är större än jag föreställt mig, ser ut att finnas en riktig lobby, vilket naturligtvis är en fördel. Säkert kommer det inte att innebära några bekymmer att ta sig in obemärkt. Jag lär inte bli stoppad på vägen upp till rummet.

Jag kommer att vara förklädd dessutom. Inte mycket, men ändå tillräckligt. En ljus peruk och ett par tonade glasögon. Ingen kommer någonsin att sätta mig i samband med detta mord, så varför överarbeta saken?

Jag återvänder till mitt eget hotell. Ser en ganska usel fransk film på teven och läser ett par sidor ur en ny avhandling om Lou Salomé.

Släcker ljuset vid halvettiden och funderar på hur situationen kommer att se ut om exakt ett dygn.

* * *

Följande dag vaknar jag redan klockan halv sju och jag vet inte om jag drömt något. Men gårdagens händelse med herr Linkoweis dyker omedelbart upp i mitt medvetande, så kanske har jag haft honom med mig under natten också.

Jag ligger kvar en stund och tänker på honom. Och på efterspelet sedan jag lyckats få in honom från balkongen. Mot sin vilja blev han transporterad till sjukhuset; han grät som ett barn och bad att få stanna kvar hemma, men både frun och hans syster – en lång snedväxt kvinna med bittra drag, som dök upp på skådeplatsen nästan per omgående när dramat var över – var obevekliga. Herr Linkoweis klamrade sig fast vid mig när de bägge sjukvårdarna kom för att föra honom till hospitalet, men det togs bara som intäkt för att han var galen och måste komma under vård.

Jag är förtvivlad! ropade han så det ekade i trapphuset på väg ner. Förstår ni inte att jag är förtvivlad!

Jag led med honom. Men både hustrun och systern åkte med honom i ambulansen, och kanske var det bäst som skedde. I varje fall har jag svårt att se några vettigare lösningar.

Jag stiger upp och kokar kaffe. När jag ätit frukost, läst tidningen och duschat är klockan halv nio. Jag sätter mig och väntar på att David Goschmann skall ringa.

Klockan tio har han fortfarande inte ringt, och inte klockan elva heller.

Jag är oförmögen att företa mig något. Har inte koncentration nog för att läsa, börjar handtvätta en jumper i min trånga diskho, men avbryter mig och lämnar plagget i blött och smutsigt skick över en stolsrygg. Försöker lösa korsordet i tidningen, det blir omedelbart fel. Jag skulle behöva gå på toaletten, men telefonsladden är för kort för att jag skall kunna svara om jag sitter där. Jag håller mig.

Klockan tolv. Jag vet att han sagt *senast klockan tolv.* När hon är ett par minuter över halv sätter jag mig och stirrar på telefonen. Ändrar mig, lägger mig raklång på sängen. Blundar och räknar mina pulsslag.

Tänker att jag har Döden liggande bredvid mig i sängen, jag förstår inte varifrån denna inbillning kommer.

Nu är klockan kvart i. Jag dricker upp den sista skvätten kaffe från imorse och börjar må illa. En telefon ringer aldrig om man försöker frammana samtalet, det är en gammal god sanning. Jag måste försöka tänka på annat. Jag glor ut genom fönstret och funderar på om herr Linkoweis kommit hem. Eller fått en diagnos åtminstone.

Tio minuter i. Ingenting händer. Absolut ingenting.

Fem i.

Klockan två minuter i tolv kommer signalen. Jag drar ett djupt andetag, lägger handen på luren och väntar in en signal till. Vill inte verka ivrig.

Svarar.

Det är min far. Han berättar att han inte har några testiklar kvar, men att han kommer att kunna leva ett normalt liv ändå.

Jag lägger på luren. Klockorna i Stefanskyrkan slår tolv.

Jag kommer till Keller Teater en kvart försenad. De andra är redan där. David Goschmann sitter på scenkanten i svart polotröja och svarta, dinglande manchesterben; han avbryter sig när jag skjuter upp dörren längst bak i salongen.

Rottenbühle vänder sig om och hostar i handen. Hans förkylning verkar inte ha blivit bättre. De är fem som sitter därframme på första raden. Ursula och Vera, mina systrar från Tjechov. Rottenbühle. Samt en ny flicka i truppen, hon heter Mathilde och hennes möjligheter i branschen upphörde samtidigt med stumfilmen eftersom hon läspar.

Jag går långsamt nerför den sluttande vänstra sidogången. Kastar ett leende åt Goschmann och sätter mig bredvid Vera.

Välkommen, säger Goschmann. Vi talar om Goneril och Regan, och om nödvändigheten av att differentiera dem. Två mer eller mindre identiska karaktärer blir varken dynamiska eller trovärdiga på scenen. De suger luften ur varandra…

Jag förstår, säger jag.

Goschmann harklar sig och fortsätter i samma spår. Under hela eftermiddagen har jag haft en knuten hand i bröstet, nu börjar den röra på sig.

Uppåt och åt sidorna. Jag sväljer och sväljer. Varför sitter både Ursula och Vera här? tänker jag. Vem av dem...?

Ursäkta mig, säger jag.

Goschmann avbryter sig på nytt. Låter hakan vila mot ena handens knogar och betraktar mig. Det blå rinner inte över idag.

Är Cordeliarollen tillsatt?

Han nickar. Rottenbühle hostar nervöst och reser sig till hälften från sin plats längst ut till höger.

Och?

Goschmann sänker handen.

Ni var alla mycket övertygande.

Jag väntar. Knytnäven vrider sig.

Som jag sa när vi började... ni är alla utsatta för ett stort mått av godtycke. Sådana är tyvärr villkoren.

Vem? säger jag.

Vi fastnade till slut för... jag menar att *jag* till slut fastnade för en flicka som egentligen inte tillhör ensemblen. Förrän nu, vill säga. Hon heter Henny. Henny Delgado, jag vet inte om...

Jag knäpper händerna och trycker dem mot magen. Har inte en chans att stå emot den enorma kräkreflex som skjuter upp inuti mig.

Jag får ur mig allt jag ätit under dagen. Allt jag ätit under mitt liv känns det som.

Rottenbühle hjälper mig ut och stoppar mig i en taxi.

Till
David Goschmann
Hotel Figaro
Prinsengracht 112
Amsterdam

Gobshejm den 12 februari

Älskade David,

tack för senast och tack för ditt brev.

Nej, jag har alls ingen brådska, vad är det som får dig att tro det? Som änka bör man vänta åtminstone ett år, jag trodde vi var överens om att hålla på vissa konventioner.

Så jag föredrar också att vi har det på det här viset, David, tro mig. Hur det står till med helheten i ditt liv och med din hustru intresserar mig inte, har aldrig intresserat mig.

Men jag älskar dig och vill ha dig. En del av dig. Ett par dagar av dig varje månad. Kanske mera i sinom tid. Tyvärr hade jag ingen möjlighet att komma till Amsterdam, du får inte se det som att jag tar någon sorts avstånd ifrån dig. Jag var helt enkelt tvungen att göra den här resan till Berlin, att ni karlar skall vara så känsliga!

Du skriver att du vore beredd att skilja dig ifrån

henne, om jag bara begärde det. Jag vet inte hur pass ärlig du är, och kanske kommer jag en dag att begära just detta av dig. Kanske kommer mitt behov att växa, som sagt. Men inte nu, David, låt oss fortsätta att njuta av varandra sparsamt, som vi gjort de här åren. Ett vin blir inte godare för att man dricker fem glas istället för två. Eller hur?

Och visst kommer jag till Strasbourg i mars, det lovar jag. Om jag verkligen kan stanna alla fyra dagarna återstår att se, men jag gör vad jag kan för att byta bort seminarier och föreläsningar.

Det gläder mig också att du tycker om mitt hus, men det vore väl en skam annars. Det var så härligt att ha dig här, och du vet att du alltid är välkommen om du blir het på gröten. Låt mig bara få veta några timmar i förväg så jag hinner laga i ordning någonting att äta och lufta ett bra vin.

Glädjande är också att jag kommer att kunna bo kvar; genom oväntade omständigheter har min ekonomiska situation rett upp sig, så allt ser ljust ut för tillfället. Det är rätt som du brukar säga, man skall aldrig ge upp hoppet.

Fast jag längtar en smula efter dig, det skall erkännas. Jag tycker om att älska hårt och brutalt med dig, och sedan sova med dig bakom min rygg.

Så nästa vecka, kanske?

En kväll och en morgon, om du kan?

Med kärlek
Din Agnes

FREDAGEN KOMMER MED en oväntat hög himmel över München. Jag går en lång promenad genom Englischer Garten på morgonen och kommer på mig med att sakna hundarna. Hundar är som gjorda för parker, eller om det möjligen är tvärtom.

Jag vet ännu inte exakt *hur* – och inte exakt *när* – jag kommer att döda Henny. Jag vet inte ens med säkerhet att det blir idag, men jag tror det. Jag har en plan – eller flera planer, snarare, en samling handlingsmöjligheter där, om inte den ena faller ut, så gör den andra eller den tredje det. Jag kan inte gå tillväga på annat sätt, måste använda denna öppna metod – i ett visst skede gripa tillfället i flykten – och det är ingenting som oroar mig. Tvärtom, själva livet har den strukturen, en fandango mellan slump och ordning, och den som inte kan dansa kan heller inte begära att få leva fullt ut.

Men jag kan dansa. Har alltid kunnat.

På väg tillbaka till hotellet går jag in i en telefonhytt. Ringer till Hotel Regina, förklarar att vi har ett blombud till Henny Delgado och frågar vilket rumsnummer hon har.

Fru Delgado har ännu inte checkat in, får jag reda på. Men hon kommer att bo i nummer 419.

Jag tackar och lägger på. Så enkelt, tänker jag. Så otillständigt enkelt.

Ingen misstänkte mig för Erichs död, ingen kommer att misstänka mig för Hennys. Så är det. Jag kliver ur telefonhytten och ser på klockan. Den är tjugo minuter över elva. Jag har ingenting annat att göra än att vänta. Återvänder till mitt rum på Alter Wirt, men känner mig rastlös och går ut igen.

Jag tillbringar ett par timmar ute på stan. Vandrar utmed Tal och Kaufingerstrasse bort mot Karlstor. Besöker Haus der Kunst men tröttnar snart. Jag har sett allt tidigare. Äter lunch på Ehrengut. Vädret håller i sig hela eftermiddagen med en ljum vind från sydväst; det är rätt så mycket folk i rörelse, men när jag sitter med en kopp kaffe på Johanniscafé erfar jag också någonting annat. Till en början kan jag inte komma till klarhet om vad det rör sig om, men så småningom förstår jag att det är ett slags närvaro.

Ja, *närvaro.*

Någon sorts betraktare kanske, det är ett mycket starkt och samtidigt mycket vagt intryck; jag ser mig försiktigt omkring i den stimmande lokalen för att söka utröna varifrån förnimmelsen kommer; om det finns någon person som på något vis iakttar mig.

Varför? frågar jag mig. Varför skulle någon iaktta mig?

En karl som är ute efter en kvinna? Ja, det är naturligtvis en möjlighet, men när jag på nytt går runt med blicken kan jag inte hitta någon trolig kandidat till en sådan roll.

Jag betalar och lämnar caféet. Kommer ut på Maximilianstrasse och köper cigarretter hos en tobakshandlare. Fortsätter bort mot Theatinerkirche och Hofgarten, men lyckas inte helt skaka av mig känslan.

En tvångstanke, tänker jag. Vissa inbillningar har en förmåga att bita sig fast. Var det förresten inte någonting redan i Englischer Garten imorse?

Jag vinkar på en taxi och återvänder till hotellet.

Klockan sex står jag på nytt i en telefonhytt och ringer till Hotel Regina. Ber att få tala med fru Delgado i rum nummer 419. Flickan i växeln säger ett ögonblick, och när jag hör Henny svara ett förvånat och lätt oroligt ”Hallå?” lägger jag på luren.

Hon är på plats. Jag går tillbaka till Alter Wirt. Laddar mitt vapen och stoppar det i axelremsväskan. Byter om till de kläder jag valt ut, en ljus kappa som jag inte använt på åratal och svarta långbyxor. Sätter på min blonda pageperuk och glasögonen. Provar dem bara, förstås, betraktar mig i badrumsspegeln och ser att jag är en annan kvinna. Lägger ner även dessa utensilier i väskan och ger mig iväg.

Marienstrasse och Hochbrücknerstrasse. Barerna är tomma. De parkerade bilarna är tomma. Ett tunt regn i luften. Jag svänger till höger in på Hildegardstrasse och så är jag framme. Tar på hår och glasögon i en port och hinner spegla mig i fönsterglaset innan jag stiger in genom entrén. Hotellfoajén är stor och pompös. Marmor, mörk ek och tunga skinnfåtöljer. Receptionen ligger snett fram till vänster, hissarna till höger. Ytterligare till höger finns bar och restaurang. Jag överväger hastigt, slinker in i baren och beställer en gin och tonic.

Det är tidigt på kvällen och ganska folktomt även här. Bara ett par herrar och en ensam kvinna i sextioårsåldern. Kvinnan ser nysminkad och tragisk ut; sitter och väntar på någon, uppenbarligen. Inifrån restaurangen hörs samtal och skratt från ett större sällskap. Amerikaner, såvitt jag kan bedöma.

Jag dricker ur min drink och röker en cigarrett medan jag bläddrar i Süddeutsche Zeitung. Överväger att ringa redan nu men låter det vara. Bättre att skjuta upp det en liten stund.

Lämnar baren och går direkt över till hissarna.

Kappan över armen. Trycker ner en hiss och åker ensam upp till fjärde våningen. Rum 401–420.

401–410 till vänster. 411–420 till höger. En ismaskin. En skoputsningsmaskin.

Jag följer korridoren till höger, den kröker åt vänster efter 415. 419 ligger näst längst bort, mittemot nödutgångstrappan. Jag öppnar dörren till trappan och går ner ett halvt etage. Stannar i en position där jag inte kan upptäckas vare sig uppifrån eller nerifrån. Genom ett smalt fönster kan jag se en flik av himlen. Perfekt, tänker jag.

Rättar till hår och glasögon och märker att jag darrar en smula. Kontrollerar att pistolen är skjutklar, tar upp mobiltelefonen. Påminner mig om att jag måste komma ihåg att lägga beslag på Hennys mobil när allt är över. Så att inte polisen hittar mitt nummer i hennes samtalslista.

Jag skulle vilja ringa en gång till via hotellets växel, men vågar inte riskera det. Kanske skulle mitt nummer lagras där också. Jag tänder en ny cigarrett istället och står på trappavsatsen och röker upp den innan jag slår Hennys mobilnummer.

Hon svarar inte, det har vi kommit överens om. Den automatiska svararen kopplas på. Jag väntar in signalen.

Goddag George, säger jag, det här är faster Beatrice! Jag vill bara berätta att de svarta stockrosorna är beställda och betalda och kommer på tisdag. Du behöver inte ringa mig, det kostar bara pengar i onödan.

Jag stänger av telefonen. Stoppar ner den i väskan och tar fram mitt vapen. Återvänder upp till den tomma tysta korridoren. Stannar utanför 419 och samlar mig.

Knackar två gånger.

Ja?

Hennes röst kommer från mycket nära håll. Jag förstår att hon står alldeles innanför dörren. Jag vågar inte trycka ner handtaget, hon har just fått meddelande om att hennes man är död och har förmodligen låst om sig.

Städerskan, säger jag och försöker göra min röst ljusare än vanligt. Jag kommer med rena handdukar.

Två sekunder, så öppnar hon dörren.

Jag är innanför på ett ögonblick. Henny retirerar inåt i rummet. Ser skrämd ut. Jag drar igen dörren bakom mig. Håller mitt vapen stadigt riktat mot henne.

Hon sjunker ner på sängen.

Det är ett misstag, säger hon.

Nej.

Ni har gått fel.

Nej, jag har inte gått fel.

Det är uppenbart att hon inte känner igen mig.

Vill ni ha mina pengar? Jag har inte mycket, men det är bara att…

Jag tar två steg närmare henne. Siktar mot hennes huvud nu.

Vem är ni? Det är väl inte… herregud!

Jag märker att jag ler. Det går inte att hålla tillbaka. Jag måste verkligen anstränga mig för att inte brista ut i ett gapskratt, det väller upp inom mig som en orgasm, nästan. Men plötsligt anar jag en rörelse bakom mig, och jag skall just vända mig om när någon

MITT HUVUD BLIXTRAR.

Jag vaknar och sitter i en stol. Har svårt att andas, ett stort plåster är tejpat över min mun. Jag gör en åtbörd för att slita bort det, men i samma stund nyper en kraftig hand tag om min nacke och jag förstår att det är meningen att det skall sitta där det sitter.

Jag fattar tag om armstöden istället. Min peruk ligger på sängen, mina mörka glasögon likaså. Henny sitter mittemot mig i rummets andra stol; hon håller en pistol riktad mot mig. Det är inte mitt vapen, men den har en likadan ljuddämpande utbuktning över pipan.

Snett bakom mig, invid väggen, står en man. Mannen som lade sin hand över min nacke. Jag anar att även han har något slags vapen, men jag bryr mig inte om att kontrollera. För egen del har jag bara mina händer och en fruktansvärd huvudvärk. Den pulserar och slår ut som svarta krevader i pannloben.

Mellan Henny och mig finns ett lågt bord. På bordet ligger ett kuvert. Mitt namn står skrivet på det, bara förnamnet, Agnes, understruket med dubbla streck.

Jag lyfter blicken och ser på Henny. Hennes läppar är krökta i en sorts återhållet leende. Ögonen är svagt glansiga av triumf. Kanske en smula alkohol också. Det går säkert tio sekunder innan hon säger något. När hon börjar tala är det i gengäld desto tydligare.

Avslöjad blir en dag förborgad list,
och skam och hån får hycklaren till sist!

Kort paus. Jag känner inte igen hennes röst. Det rycker lätt i hennes högra mungipa.

Jag tänker inte sitta här och förklara saker och ting för dig, Agnes, säger hon. Och jag står inte ut med att höra ett ord till från dig. Inte... ett... enda... ord. Varsågod och läs!

Hon gör en gest med pistolen mot kuvertet. Jag tar upp det och plockar ut några dubbelvikta ark. Samma brevpapper som vanligt, samma välbekanta handstil. Mannen bakom mig harklar sig och byter fot.

Läs! upprepar Henny. Om du inte börjar läsa

skjuter jag dig omedelbart!

Jag nickar, men just innan jag skall fästa ögonen på papperet känner jag plötsligt den där närvaron igen – den sköljer över mig som ett kallt regn – närvaron av den stora rädslan som kom över mig som ett varsel i byn Worms för några dagar sedan. Närvaron jag kände under eftermiddagen idag.

Jag förstår nu att det inte bara varit inbillning. Förstår att jag borde ha tagit den till mig och försökt blottlägga dess kärna.

Nu ser jag den. Alldeles klart mellan blixtkrevaderna i mitt huvud ser jag den.

Det hjälper föga. Jag sänker blicken och börjar läsa.

Kära Agnes,

som jag avskyr dig. Jag trodde inte det var möjligt att hysa ett sådant hat gentemot en annan människa, som det jag hyser mot dig. Men det är det alltså.

Detta är också orsaken till att jag iscensatte denna melodram – istället för att bara söka upp dig och avliva dig som en hund. Jag måste helt enkelt komma dithän att få sitta öga mot öga med dig och låta dig veta sanningen om dig själv och varför du måste dö.

Just så som vi sitter nu, Agnes.

Nej, lyft inte blicken från papperet, fortsätt läsa, och när du kommit till slutet och jag ser att du har förstått skall jag skjuta dig.

Trodde du verkligen att jag inte visste? Trodde

du jag var så naiv att jag inte tog reda på vem min mans älskarinna var? Och trodde du att jag i ett sådant läge skulle välja att lägga skulden på David?

Du har misskänt mig, Agnes. Alltid har du misskänt och underskattat mig. Varför har du aldrig kunnat glädjas åt det goda, Agnes? Visst har det alltid varit så, att andras motgångar varit mer tillfredsställande för dig än dina egna framgångar. Visst är det list och beräkning som varit dina husgudar. Det utstuderade.

Varför kunde du inte tåla att din mor var tillsammans med tandläkare Maertens? Varför missunnade du mig Cordelia så till den grad? Eller Tristram Singh, minns du honom?

Eller David? Jag vet inte exakt vilka garn du snärjde honom i, men jag är övertygad om att du skred till verket med den största förslagenhet.

Som alltid, Agnes.

Men nu är det så att jag inte släpper David. Flickorna behöver sin far likaväl som sin mor, och jag har inte bara svurit min man trohet. Jag har också svurit inför mig själv och inför min gud, att se till att vårt förbund håller. Tills döden skiljer oss åt, jag tar det ansvaret. Jag är en människa som tror på fasta värden, jag tror du kan erinra dig att det var så redan när vi var unga.

Och jag visste att jag skulle kunna lura dig hit, Agnes, ända från början visste jag det. Min bror Benjamin – du kommer väl ihåg honom, det är han som nu står bakom dig – var mer tvivlande. Han har varit min invigde ända från starten; vi älskar varandra som en bror och syster skall göra och han har ställt upp för mig i varje ögonblick. Du tyckte aldrig om honom, både han och jag minns hur elak du kunde vara mot honom, trots att han var så liten och försvarslös. Han har varit din skugga här i München – några gånger tidigare också – och när jag har skjutit dig kommer han senare ikväll att bära ut din kropp bakvägen (ja, han är stor och stark nuförtiden) och kasta den i Isar. Du kommer att ha ordentliga tyngder på dig och där, på den sumpiga flodbottnen, kommer den lekamliga delen av dig att sluta sina dagar. Vart din själ tar vägen behöver vi knappast hysa några tvivel om.

Man kommer aldrig att hitta dig, Agnes. Du kommer att rapporteras saknad; jag vet inte vilket resmål du angivit för familjen Barth, men jag är säker på att du inte sa vare sig Amsterdam eller München. Din bil kommer Benjamin också att ta hand om och se till att den försvinner.

Du kommer att vara utplånad, Agnes. Utplånad.

Som du förstår njuter jag av det här. Just nu medan jag ser dig läsa din dödsdom känner jag en varm och stark glädje. Det har kostat mig pengar att åstadkomma det här arrangemanget, det vet du, Agnes, men jag har det gott ställt och det har varit värt varenda euro. Kanske finns det ingen mer fullödig tillfredsställelse än det här – att med eget förstånd och egen hand få straffa en människa som gjort så mycket ont. Att döda någon man avskyr och som försökt lägga ens eget liv i ruiner.

Att ta hämnd.

Du tänkte döda mig; jag visste att du inte skulle kunna motstå frestelsen, och nu sitter du här i din egen snara. Allting kom på skam, jag tror du måste hålla med om att du faktiskt får precis vad du förtjänar.

Du närmar dig nu slutet av mitt sista brev, kära Agnes. Inte mycket återstår; du skall bara följa raderna, läsa ord för ord, och när du kommer till det sista ordet skall du höja blicken och jag skall skjuta dig med två eller tre skott i huvudet.

Eller kanske skjuter jag dig i bröstet, jag unnar dig lite smärta innan du dör.

Ja, du tittar upp nu, och du ser att jag har en ljuddämpare på mitt vapen, likadant som du hade, Agnes. Varför påstod du att din pistol skulle smälla så högt? Verkade det alltför osannolikt att du skulle ha ett vapen med ljuddämpare i din ägo, eller kunna skaffa ett? Jag vet inte, Agnes, men jag vet att du nu irrar med blicken, nej, sök inte ögonkontakt med mig redan, det är ett ark kvar, du vet ännu inte hur mycket som står på det, men snart ser du, och när du kommit till det sista ordet på den sidan så dör du. Nej, gå inte tillbaka och försök läsa om, jag vet att du har allt klart för dig, alldeles klart...

Så, nu är det bara de här stackars raderna kvar,
visst är det märkligt hur man kan dröja vid varje
ord,
liksom klamra sig fast vid varje
liten bokstav
bara för att hålla
sig vid liv.
Att en kort sekund skall betyda
så mycket, Agnes, men nu ser jag
att du är framme.
Du måste lyfta blicken snart, Agnes.
Kan inte hålla den kvar vid
varje ord.
Det här är den sista sidan,
det här är
det sista
ögonblicket
i ditt liv.
Lyft blicken, Agnes.
Se på mig
nu.